怪物大師
MONSTER MASTER
召喚奇跡的使命之書

雷歐幻像 作品
LEON IMAGE WORKS

U0108845

中華教育

布布路

關鍵詞：
單細胞動物、樂觀、熱血

從小與守墓人爺爺一起生活在墓地，因為父親的各種負面傳言，一直受到村裏人排擠，但布布路從不自卑，內心深處相信自己的父親是一位了不起的人物。為了實現自己的夢想以及尋找失蹤父親的消息，他毅然離開家鄉，前往摩爾本十字基地，參加怪物大師預備生的試煉。

賽琳娜

關鍵詞：
大姐頭、敏捷、愛財

出生於商人世家的大小姐，卻一點都沒有大小姐的架子，與布布路一樣來自「影王村」，個性豪爽，有點驕傲，對布布路一視同仁，從不排擠他，只因為她更在乎的是推演家裏的生意。賽琳娜的目標是收集世界上所有類型的元素石，並熟練掌握這些元素石的運用。

帝奇·雷頓

關鍵詞：
豆丁、酷、毒舌

臉上總是掛著陰沉表情的瘦小男生。帝奇的存在感薄弱，不注意看的話就找不到人了。但是他身邊跟著一隻非常招搖拉風的怪物——成年版的「巴巴里金獅」。對於是非的判斷他有自己的準則，不太相信別人，性格很「獨」。

餃子

關鍵詞：
狐狸面具、神祕、圓滑

在往摩爾本十字基地的路上，勾搭認識上布布路，戴著狐狸面具，看不出喜怒哀樂，從聲音來聽，似乎總是笑嘻嘻的，高調宣揚自己身無分文，賴著布布路騙吃騙喝，在招生會期間對布布路諸多照應。

冒險、正義、財富、祕寶、名譽……

富有志向的人們啊，

用心發出聲音吧，

召喚那來自時空盡頭的怪物，

賭上所有的「夢想」、「勇氣」、「自尊」，甚至「性命」，

向着成為藍星上最傳奇的 ——怪物大師之路前進吧！

—— 《怪物大師》題記
MONSTER MASTER

【目錄】CONTENTS
《召喚奇跡的使命之書》

Especially written for kids aged 9－16 （專為9-16歲兒童製作）

● 【扉頁彩圖】ART OF MONSTER MASTER
● 人物介紹：布布路 / 賽琳娜 / 帝奇 / 餃子

MONSTER MASTER
「怪物大師」無盡的冒險
The Chronicle of Destiny
Conjuring Wonders

怪物大師最愛珍藏

SECRET GAME
MONSTER WARCRAFT
隨書附贈「怪物對戰牌」

穿 透 文 字 的 「 堅 強 」 與 「 感 動 」！

DREAM　ADVENTURE　COURAGE　FRIENDSHIP

夢想+冒險+勇氣+友誼

「怪物」與「人類」、「勇氣」與「挫折」、「信仰」與「背叛」、「戰鬥」與「思考」……是心靈的冒險，還是意志的考驗？
請與本書的主人公一同開啟奇幻之門，一起去追尋人生中最珍貴的夢想吧！

把世界的謎團串起來！
MELODIES OF LIFE

這裏是獨一無二的腦細胞幻想地帶，孩子們其樂無窮的樂園。
每部一個練膽故事，它們以神祕莫測的魔力，俘虜着人們的好奇心。
有人說，唯一的抵抗方法，就是閱讀——
請翻開這本書吧，讓人心動的世界正在向你招手……

愛與夢想的「新世界冒險奇談」！

引子

CREATED BY LEON IMAGE
LOVE & DREAMS

MONSTER
MASTER 15

無名之書
MONSTER MASTER 15

　　累積百年的塵埃之下，沉睡着一本活着的書。

　　沒有書名，沒有作者。傳說，這是一本會吃人的魔書，是一座永恆的墳墓！

　　它封印着無邊無際的黑暗；

　　也蘊藏着光芒萬丈的希望！

　　警告：千萬不要打開它！

　　否則你將開啟一條令你驚駭欲絕的地獄之路！

　　在摩爾本十字基地的西之角，靜靜矗立着一座被時光遺忘

的圖書館。

　　灰白色的石牆破碎不堪，落滿塵埃的地面已看不出原本的顏色，瑟瑟的涼風吹過，掛在房梁上的蛛網飄來蕩去，一排排腐朽的書架搖搖欲墜，發出嘎吱嘎吱的寂寞聲響。

　　可就在今天，這座古老而荒涼的廢舊圖書館裏，破天荒地迎來一位訪客。

　　閱覽室角落裏，一個頭髮亂蓬蓬、衣服皺巴巴的高個兒青年正站在高大的書架前，用雙手揩去書脊上的灰，費力地湊近看書上的字。

　　一團塵灰從書架頂上緩緩落下，不偏不倚地飄進青年的鼻孔裏。

　　「阿嚏──」青年的嘴巴不舒服地張開，打出一個大噴嚏，揮舞的手臂撞上了書架。

　　「嘩啦啦！」腐朽的書架不堪重負，一下塌了半邊，上百本古籍一股腦兒向青年傾壓下來。

　　「哇啊啊！」青年被砸得頭暈眼花，好半天才從小山般的書堆裏爬起來，可還沒等他站穩，就聽「啪」的一聲，一本磚頭似的硬殼書從天而降，又把他砸趴在地。

　　倒楣的青年有氣無力地癱趴在地，下意識地抓起那本書，下一秒，他無神的雙眼中立刻裝滿了驚奇──

　　這本書很厚，捧在手裏沉甸甸的，銀灰色的書皮不知是用甚麼材料製成的，又涼又滑，觸感就像摸在堅冰上……而且，和陳舊的圖書館十分不相稱，這本書一塵不染，像打了蠟一般

光亮，淡淡的光線照上去，整本書宛如光明女神蝶搧動的翅膀，螢光閃爍，反射出攝人心魄的美麗光澤。

更令人奇怪的是，這本書雖裝幀華美，封皮上卻沒有半個字，青年困惑地皺起眉：一本沒有書名也沒有作者名的書，裏面寫着甚麼呢？

是絕世寶藏的埋藏地點，不可告人的陰謀祕史，還是成為藍星最頂尖怪物大師的祕密？在好奇心的驅使下，青年小心翼翼地翻開書封 ——

一道光芒突然從書頁中升騰而起！在青年驚訝的吸氣聲中，整個房間被耀眼的光芒包裹起來……

新世界冒險奇談

第一站 STEP.01

原君的留言
MONSTER MASTER 15

清晨的發現

「站住！你給我站住——」

一聲響亮的吼叫與第一縷晨光一起穿透了摩爾本十字基地上空的薄霧，一隻鐵銹色的短毛怪物氣勢洶洶地在牆上、走道上跳來跳去，它的身後緊跟着一個背負沉重棺材卻健步如飛的少年。

這是「惡魔之子」布布路和他那只令人頭疼的怪物四不像，他們照例上演着每日必備的「追逐戰」。

　　不過這次有些不同，平日裏不繞着基地跑個十圈絕不甘休的一人一怪突然各懷心思地頓住了腳步。

　　布布路和四不像面前是一片密密匝匝的荊棘叢，其中隱隱露出一扇破爛的木門，上面歪歪扭扭地寫着一行字：

　　我再也回不去了！

　　布布路驚訝地瞪着眼前這行意義不明的字，粗黑的眉毛挑得高高的：「這不是原君的筆跡嗎？」

　　原君也是摩爾本十字基地的預備生，更是布布路在基地裏為數不多的朋友之一。

　　為甚麼原君要寫「我再也回不去了」呢？他想要回到甚麼地方嗎？從這裏往前快步走十五分鐘就可以到達基地正門，想去哪裏，出了基地去車站坐龍蚯就可以了啊。

　　說起來，布布路好像好幾天沒見過原君了……

　　「啊——」就在布布路凝神思考的時候，突然傳來一聲慘烈的尖叫。

　　布布路渾身一震，打了個激靈，這聲音熟悉極了，是從須磨導師的果園傳來的！

　　須磨導師一向視食材為生命，為避免有人偷水果，他特意將果園建在僻靜的荊棘叢後面。而此時，布布路身邊的四不像不見了，難道……

　　布布路帶着極其不祥的預感沖進果園，頓時傻眼了——

果園像遭受了颶風襲擊般，一片狼藉：一棵棵果樹被撞得七扭八歪，水果丟得遍地都是，上面還佈滿參差不齊的牙印，須磨導師精心培育的珍品水果全都毀於一旦！

而那個捧着肚子、掛在樹枝上打飽嗝的罪魁禍首，不就是四不像嗎？

看來這傢伙的目標從一開始就是荊棘叢後的果園！布布路沮喪地撫額。

果園一角，三個和布布路一樣垂頭喪氣的人齊刷刷地歎了口氣。

他們正是布布路的預備生夥伴 —— 影王村的大姐頭賽琳娜，戴着狐狸面具的餃子，以及賞金王家族的繼承人帝奇。

「布 —— 布 —— 路 ——」賽琳娜發出震耳欲聾的怒吼，「你不跟大家一起值班就算了，竟然還讓怪物來搗亂，氣死我了！」

布布路這才想起來，今天是吊車尾小隊負責果園值班工作的日子。

「慘了，」餃子唉聲歎氣地說，「要賠償果園的損失，又要入不敷出了。」

「好像你賠得起似的，你大哥寄的生活費不是早就花光了？」帝奇白了餃子一眼，又怒其不爭地看着布布路，「笨蛋！」

「布魯！」看着面如土色的四個預備生，四不像幸災樂禍地做了一個鬼臉，刺溜一聲鑽進棺材裏睡覺去了。

大夥兒只能自認倒楣，無可奈何地去向須磨導師請罪。

奇怪的末等生

「天啊！我的極品翡翠果啊，我價值連城的南洋圓石榴啊，我鮮美多汁的奶油蔓越莓啊，啊，那是比黃金還珍貴的珍珠蜜提子啊……你們把我一年的心血都毀了！」果園裏，須磨導師暴跳如雷，指着布布路四人咆哮道，「我要懲罰你們去打掃舊圖書館！」

「打掃舊圖書館？」布布路偷偷地鬆了一口氣，聽起來是個簡單的任務。

可他身邊的賽琳娜卻漲紅了臉，哆嗦着說：「舊圖書館荒廢多年，又髒又亂，說不定早成了蟻螂的大本營了！」

「比起蟻螂，那裏說不定還有更恐怖的東西！」餃子托着下巴，煞有介事地說，「你們難道沒聽說過『基地十大怪談』之一的舊圖書館吃人魔書……」

「吃人……的書？那是甚麼？」布布路眼睛一亮，來了興致。

「無聊，」帝奇冷冷地打斷餃子和布布路，不耐煩地說，「快去打掃吧，不要耽誤我晚上給巴巴里金獅洗澡、做毛髮護理。」

「對了！」布布路突然湊向心情悲痛的須磨導師，問道，「原君是不是去執行任務了？我最近怎麼都沒見過他？」

「他能執行甚麼任務？」須磨導師沒好氣地說，「聽黑鷺說，原君已經曠課十天了，他的宿舍也收拾得十分乾淨，金貝克說他一定是知難而退，自動退學了。」

對此，餃子三人絲毫不覺得意外，因為比起他們這支吊車

尾小隊，原君才稱得上是十字基地名副其實的吊車尾！

　　原君十五歲考入十字基地，算是布布路他們的前輩了，可他個性古怪，總是面無表情，看不出喜怒。他也從不參加集體活動，總是形單影隻，和任何人都沒有交集，考試成績永遠是倒數。如今他已經二十五歲了，依然和布布路他們一樣是預備生，甚至連他的怪物也總是像根豆芽菜似的毫無長進。對於這樣不思進取的弱者，根本沒人在意他的存在。

　　弱者？吊車尾？真的是這樣嗎？布布路疑惑地眨眨眼，他印象中的原君和大家說的有點不一樣 ──

　　　　有一次布布路被四不像推進水溝，發現水溝裏竟然有個人，那就是原君。

他正坐在溝裏記筆記，布布路好奇地湊過去，筆記本上記錄的都是一些很深奧的問題，比如：「我為甚麼存在於這個世界？」「如果我不在這個世界，那麼我還算活着嗎？」「人死後，思想也會隨肉體一同消亡嗎？」……

原君告訴布布路，水溝是個能讓人靜心思考的地方。他想探究的這些問題對於世人來說，或許是無解的哲思，也有人根本就覺得沒意義，但如果要尋求生命的奧義來造福全人類，他認為必須要背起一些看似現在用不到的裝備或者說是包袱，因為他將要越過的不是一兩個山頭，而是一面無法逾越的通天巨壁……這些對他來說，比學分和畢業重要多了。因此，即使不被世人理解，他也決定要堅持下去。

想到這裏，布布路露出一本正經的表情，嚴肅地說：「我相信原君不會退學，因為他不是甚麼弱者，而是一個很有思想和深度的人，他看過很多書呢，像十影王沙迦寫的《人類精神現象學》《藍星世界論》《人類文化發展的探究》等等……」

「天哪，布布路居然知道十影王沙迦寫的書？還能流利地說出書名？」賽琳娜詫異得眼珠子都要鼓出來了。

餃子更是震驚得一屁股跌坐在地上，抖着嗓子說：「別，別告訴我……你都看過了！那些書可都厚得好像磚頭一樣，文字密密麻麻的，連我這樣博學上進的好少年都啃不動！」

「這些哲思類的書的確艱澀難懂，但沙迦也寫過不少冒險類小說，聽說都是以他自身的冒險經歷為藍本，因此在他離世至今的二百四十年裏依舊非常暢銷，小時候哥哥給我買了一套

當睡前讀物。」帝奇的聲音沒有任何起伏，但嘴角細微的弧度透露出他相當喜歡沙迦的書。

「哇！原來沙迦也寫冒險故事！可惜我都沒看過，只是經常聽原君念叨……」布布路正想再說說原君的事，一道銀光從他鼻尖前掠過，打斷了他的話。

「還在聊天！」須磨導師拿着亮閃閃的菜刀，勾着嘴角，惡狠狠地說，「哼哼，如果你們不趕緊去打掃舊圖書館，我就會讓你們知道，我的菜刀也是很有深度的！」

四 不像頭上的另一張臉

努力打掃了幾個小時後，窗明几淨的舊圖書館裏，疲憊不堪的幾個人趴在條形長桌上沉沉睡去……

「布魯布魯！」就在四周一片寂靜的時候，布布路身後的棺材突然搖擺起來，裏面探出了一張臉。

聽到熟悉的聒噪聲音，賽琳娜不耐煩地皺緊了眉頭，她並沒有睜開眼睛，只是用手肘捅了捅布布路，示意他自行解決。

布布路費力地撐開眼皮，眼前模模糊糊地出現了一張臉……

這張臉極其恐怖——

棕紅色的皮膚像核桃般凹凸不平，黑色的眼簾上佈滿了大小不均的疣粒，扁長寬大的嘴巴發出一股難聞的腥臭味……

我的媽呀！四不像看起來又醜了幾個等級！

不對，這不是四不像！布布路的眼睛瞪得溜圓，頓時清醒過來，大叫道：「誰？你是誰？」

四不像的後腦勺上竟然長出了另一張臉！布布路徹底呆住了。

「布魯布魯！」四不像煩躁得像個陀螺般轉來轉去。

其他幾人終於被布布路和四不像的聲音折騰起來，賽琳娜正準備發火，突然臉色一變：「四不像不對勁！」

在大夥兒驚奇的注視下，四不像後腦勺上那張臉向前探了探頭，原來是只看起來像蛙類的怪東西。

「呱！」

那東西瞪圓凸凸的大眼睛，咧開嘴巴清脆地叫了一聲，圓鼓鼓的腹部一起一伏，露出吸盤般緊緊吸附在四不像頭皮上的四條肉足。

「這是甚麼東西？」賽琳娜困惑地說，「我從沒在《怪物圖

鑒》上見過……」

「噢噢噢！」餃子狐狸面具後的眼中透出一道精光，他搓着手說，「不會是甚麼稀有動物吧？也許能賣出個好價錢！」

「怎麼可能？」帝奇鄙夷地撇嘴說，「它一直貼在四不像後腦勺上，大概是種吸血怪吧。」

「吸血怪？」布布路大驚失色，擔心地撲向一臉茫然的四不像，「四不像，你疼不疼啊？」

「呱呱，左轉彎！」

怪蛙的大眼珠突然骨碌骨碌地轉起來，閃出鬼魅般的紅光，同時發出清晰卻機械的聲音。

四不像渾身一震，仿佛被一股無形的力量攫住，猛地甩開布布路的手，像一道閃電般沖向走廊。

布布路四人一頭霧水，急忙拔腿跟上去。

「呱呱，向右轉！保持前行！向左轉！」

四不像仿佛被透明的絲線控制住手腳的木偶，手舞足蹈地在一排排高大的書架間飛躍、穿行。

嘭嘭嘭，砰砰砰，咚咚咚……四不像磕磕碰碰地在舊圖書館裏飛躍滾動，最後一頭栽進了牆外的荊棘叢。

「布魯布魯！」被荊棘纏住的四不像痛得直叫喚。

布布路急忙跑過去把四不像「挖」出來。

「布魯布魯！」獲得自由的四不像氣得滿地打滾兒，伸長胳膊想要把後腦勺上那只可惡的怪蛙揪下來，可怪蛙就像長在頭皮上似的，一扯它，四不像就痛得倒抽冷氣。

這下子四不像終於發飆了！渾身鐵銹色的雜毛根根倒豎，張開的大嘴中一道紫色的雷光射了出來，但是因為重心不穩，「噼里啪啦」的雷電四處亂射，將附近的荊棘叢轟得焦黑。

「四不像，冷靜啊！」就在布布路大叫着阻止四不像的時候，餃子三人發現，被十字落雷劈過的荊棘叢後面，露出了一整塊灰色的牆壁，牆壁的盡頭有一扇隱蔽的小門。

又是這裏？布布路驚訝地張大了嘴巴。

原來早上他發現的小木門，竟然是連接着舊圖書館的！

召喚奇跡的使命之書

MONSTER MASTER 15

新世界冒險奇談

第二站 STEP.02

另一個世界

MONSTER MASTER 15

吃人魔書

「抵達目的地!」怪蛙趴在四不像頭上,清脆地喊了一聲,然後眼瞼緩緩合起來,不作聲了。

「難道怪蛙是故意指引我們到這兒的?」賽琳娜納悶地說,「這木門裏有甚麼玄機嗎?」

「進去看看!」布布路靈巧地跳過燒焦的荊棘叢,一把推開虛掩的小門。

借着微弱的光線,大家看到門後是一間閱覽室,室內落滿

厚厚的灰塵，一排排高大的書架有如一座座靜默的墓碑，無聲無息地矗立在黑暗中，空氣中充滿腐朽的氣息，一本年代不詳的厚厚的古書靜靜躺在中間的長桌上。

　　黑暗中，古書佈滿紋路的封皮隱隱泛出銀灰色的流動光澤，似乎吸引着布布路他們靠近。

　　布布路好奇地走上前把書抓起來，詫異地喊道：「哇，好涼！」

　　書的觸感光滑而寒冷，就像摸在冰塊上一般。

　　「你們看，桌面上落滿灰塵，這書卻一塵不染，」賽琳娜說道，「如果我沒猜錯，這封皮應該是用生長了上千年的金甲樹樹皮打造的，具有自我淨化的能力，不過，傳說它百年前就已經絕跡了。」

　　帝奇狐疑地眯起眼睛，他注意到，書封上既沒有書名，也沒有作者名。

　　「莫非這就是『基地十大怪談』之一的吃人魔書？」餃子身上冒出一層雞皮疙

瘩，故意用嚇唬人的口氣說，「據說，在基地的舊圖書館裏，隱藏着一本沒有書名和作者名的魔書，千萬不能翻開這本魔書，否則魔鬼就會從書裏跳出來，把人吃掉……啊！」

「噢噢噢，這書真有趣！」餃子話還沒說完，布布路已經迫不及待地把書翻開了。

「嗵嗵嗵……」餃子感到自己的心臟瞬間跳到了嗓子眼，賽琳娜和帝奇也都吃驚地瞪大了眼睛盯着布布路。三人被布布路粗線條的舉動嚇得連大氣都不敢喘一口。

「你們看，這不是甚麼都沒發……」布布路的話還沒說完，門外便無端吹進一陣陰森森的寒風，嘩啦啦，書頁疾速翻動起來，一道耀眼的白光從書中迸射

而出！無邊無際的白色撲面而來，天、地、四壁全都被刺眼的白色吞噬，布布路他們頭暈目眩，身體像被丟進龍捲風一般。

幾秒鐘後，鋪天蓋地的白色像退潮的海水般散退了，恍惚的感覺消失了，大家渾身一輕，視線恢復了清明。他們依然站在暗室裏，大夥兒驚恐地相互交換着眼神，再定睛看看四周，發現並沒有甚麼異常。

「我還活着！我還活着！」餃子慌慌張張地摸了摸自己的四肢，確保它們都還連在身上，「我還以為自己被魔鬼給吞了！」

倒是布布路有些失落地攤開兩手說：「那本書不見了……」

「嘎嘎嘎！」四不像爆發出狂喜的大笑，那只粘在它後腦勺上的怪蛙也消失了。

大家面面相覷，難道他們剛才集體做了一場夢？

「不會是須磨導師用來懲罰我們的把戲吧？」帝奇冷着臉說，「早知道就把他的果園毀得更徹底一點。」

這事真詭異啊……

大家在閱覽室裏仔細搜索了一番，仍然找不到任何異常之處，難道這是十字基地裏流行的新式惡作劇？嗯，未免也太無聊了吧！

莫名其妙的四人撇撇嘴，正準備走，布布路卻在跨出門檻的瞬間停下了動作，因為他發現，木門上原君的留言增加了一句——

我再也回不去了！

這個世界是無休止的輪迴，我無處可逃！

消失的十字基地

小木門上多出的一行字，根據筆跡判斷，顯然也出自原君之手。

聽了布布路關於原君留言的疑問，餃子托着下巴歎道：「經歷過『怪蛙』和『魔書』事件之後，我覺得多一行字、少一行字也沒甚麼奇怪的了，為了懲罰我們，須磨導師真是煞費苦心啊！」

「不，這行字絕不是剛刻上去的。」帝奇的手在門上摸了摸，眼中閃過一絲異樣的光，「你們看，這字都快和木門融為一體了，落在上面的灰非常厚，肯定是經過了相當漫長的時間，至少……都存在了一百年以上。」

「一百年？」布布路的腦子一下子空白了，愕然地說，「怎麼可能？原君今年才二十五歲！」

二十五歲的原君怎麼可能在一百年前就留下字跡呢？

「哇啊——」門口的賽琳娜突然發出一聲極具穿透力的驚叫。

三個男生心驚肉跳地跑過去。當看清外面的一切後，大家不約而同地倒吸了一口氣——

木門外，被四不像燒得焦黑的荊棘叢消失不見了，取而代

之的是一條連綿起伏的壯闊山脈！

天空蔚藍，白雲朵朵，淡黃色的砂岩表面覆蓋着鬱鬱蔥蔥的植被。層層疊疊的山巒間，露出一個個銀灰色的石頭屋頂，這些石屋外觀氣勢恢宏，雕刻的花紋也十分精美，它們錯落有致地點綴在群山之中，和周圍的自然風景相得益彰，令人不得不讚歎建造者的巧思。

「噢噢噢！真美啊……」布布路由衷地感歎道。

「現在不是感歎的時候好不好？！十字基地去哪兒了？！」賽琳娜對布布路咆哮道。布布路這時才回過神來：對啊！十字基地去哪兒了？！

放眼望去，不遠處的一片山坳裏，幾縷青煙從錯落排列的石屋的煙囱中緩緩升起，誘人的香味隨着山谷清風陣陣飄來。

「布魯！」四不像如同感受到命運召喚一般，口水橫流地朝炊煙裊裊的山坳奔去，瞬間就沒影了。

布布路四人急忙跟了上去。山坳裏的開闊地是個熱鬧的市集，沿街擺滿貨攤和貨架，各種商品琳琅滿目，叫賣聲不絕於耳，最奇怪的是人們的穿着打扮 ——

這裏的男子全都穿着五顏六色的短褂和長褲，女子穿着色彩豔麗的繁複筒裙，頭上插滿各色珍珠流蘇、珊瑚瓔珞，不論男女肩上都披着精美的刺繡披肩，脖子和腳踝上更是佩戴着閃閃發亮的寶石飾品，連他們腳上的草鞋都是用七彩草繩編織而成的……總而言之，所有的一切都鮮豔無比。

「這是哪個民族的裝扮啊？」見多識廣的餃子糊塗了，「顏

色真是……奔放！」

「俗氣。」帝奇覺得眼花，索性閉上眼。

布布路和四不像早已捧着路邊攤的七彩烤雞腿大吃特吃起來。

「大叔，請問這是甚麼地方？」賽琳娜則攔住一個大叔，禮貌地詢問。

對方上下打量了他們幾眼，顯然認為四人是沒見過世面的土包子，他高仰下巴，驕傲地回答：「這裏是偉大而繁榮的紅魔鄉！」

「紅魔鄉？呀，真是個奇怪的名字，聽上去好像是紅色惡魔的故鄉……難道這裏住着甚麼紅魔嗎？」布布路眨巴眨巴眼睛，天真地吐露心聲。

不知道是不是布布路的錯覺，總覺得聽到紅魔兩個字的時候，大叔的下巴瞬間往下掉了一節。

「噓噓噓，土包子別擋路！」大叔擺擺手，推開布布路就匆匆跑了。

餃子三人對視了一眼，他們十分確定，藍星地圖上絕沒有標注名為「紅魔鄉」的地方，但是藍星地圖上還有許多沒有標注的未知之處，所以不知道並不代表不存在。不過這大叔的反應怪怪的，像是在懼怕甚麼。

賽琳娜又攔了個人，試探着問：「大嬸，你能告訴我們這兒距離北之黎有多遠嗎？」

「北之黎是甚麼地方？」大嬸嗤笑道，「我從來沒聽說過那

種鄉下地方。」

「你連『繁華之都』都沒聽說過?」餃子難以置信地說,「那摩爾本十字基地呢?怪物大師呢?十影王呢?」

面對餃子接連拋出的疑問,大嬸的回應一概都是「沒聽說過」。最後,大嬸徹底不耐煩了,丟下一句「神經病」,甩手而去。

紅魔鄉

「布布路翻開了舊圖書館的一本書後,我們莫名其妙就來到紅魔鄉,你們不覺得這情形像極了我們之前『穿越』到琅晟古國嗎?」帝奇面色鐵青地說。

「也許原君也和我們一樣,被困在這裏了,所以才刻下那些留言。」賽琳娜附和道。

「我們到底來到了一個甚麼鬼地方啊 ——」餃子哀怨地仰

天長號。

　　沒等餃子哀號完，街道上突然爆發了一陣騷亂——

　　「給我站住！」

　　「哇，別打啊！」

　　「布魯布魯！」

　　只見布布路和四不像各自抱着一隻彩虹大奶椰，邊啃邊連滾帶爬地跑過來，在他們身後，一個體形像皮球一樣渾圓、梳着古怪疤瘌頭的胖女孩窮追不捨。

　　一定是這對活寶又偷東西吃了，餃子和賽琳娜無奈地對視一眼，默契地將帝奇推出去。

　　「笨蛋！」帝奇的臉黑得像幾百年沒洗過的鍋底，他憤憤地掏出盧克，準備替布布路和四不像埋單。

　　接下來發生的事卻再次讓人大跌眼鏡——

　　「啪！」

　　胖女孩伸出香腸般的五根胖手指，毫不客氣地將帝奇手中的盧克打落在地，氣呼呼地吼道：「別拿這些髒東西糊弄我，快交錢！」

　　「別激動，」餃子急忙按住要動手的帝奇，笑眯眯地對胖女孩說，「我們是今天才來到紅魔鄉的外地人，不知這位美麗小姐口中的『錢』，是甚麼樣子的？」

　　賽琳娜也反應過來了，既然這裏的人連北之黎和怪物大師都沒聽說過，那麼應該也不認識盧克。

　　「鄉巴佬，睜大眼睛看清楚，這就是偉大的紅魔鄉的錢幣——厘比！趕緊交錢，別把我當成好欺負的小孩，我的身份說出來可是會嚇死你的哦！」胖女孩趾高氣揚地從口袋裏掏出一串手指大小的銀色管狀物，囂張地在大家眼前晃晃，沒等布布路他們問，就揚揚得意地自報家門，「我可是德高望重的大祭司的孫女——奇朵娣‧卡塞斯蜜爾‧美各麗‧雅‧艾爾莎！」

　　「……美了個麗？」布布路嘀嘀咕咕地複述了半天，也沒把胖女孩的名字說對。

　　跟單細胞的布布路不同，他的另三個同伴並沒有將注意力放在胖女孩聽來拉風的名字上，而是留意到，當胖女孩說到「大祭司」三個字時，周圍看熱鬧的百姓們露出了敬重的神情。

【藍星、地球，差距有多大】

Q01 以下哪本書不是藍星上的著作？

A. 查理九世
B. 謎之豪華菜單
C. 怪物圖鑑
D. 奧古斯傳奇

答案在本頁底部，答對得 5 分，你答對了嗎？

■即時話題■

布布路：餃子，你為甚麼要跪在地上啊？難道因為這個……美了個麗是大祭司的孫女，所以你很尊敬她嗎？那我們要不要也跪下，參拜她一下呢？

帝奇：哼，要跪你們自己跪，別扯上我！

賽琳娜：我覺得餃子不是那種禮節至上的人，不知他在玩甚麼花樣。

艾爾莎：哈哈，你這傢伙還蠻識相的，我 —— 奇朵娣·卡塞斯蜜爾·美各麗·雅·艾爾莎赦免你，起來吧！

餃子：喂喂喂，小胖墩姑娘，你往邊上讓一讓，我要撿盧克……嘿嘿，誰撿到就算誰的嘍，賞金王家族的繼承人應該不會在乎這點小錢。

布布路、帝奇和艾爾莎（滿頭黑線）：……

賽琳娜（擰餃子耳朵）：你這個財迷，夠了！

完成這個測試後，你可以判定自己作為讀者對布布路他們所在的藍星的瞭解程度。

測試答案就在第十五部的 211 頁，不要錯過哦！

這是成為怪物大師的必經之路!!!

尊敬的讀者：現在你跟隨布布路一起踏上了成為怪物大師的道路！向所有的困難發起挑戰吧！

召喚奇跡的使命之書

MONSTER MASTER 15

新世界冒險奇談

第三站 STEP.03

勞動抵債
MONSTER MASTER 15

尖叫的地瓜

　　大祭司？擔任祭司的人一般都是各國享有極高地位的先知類角色，看周圍這些百姓的表情就知道，他顯然是這裏的精神領袖，如果能見到他，說不定能探到有用的情報。

　　餃子在腦子裏飛快地過濾了一遍資訊，眼裏閃出一道精光，獻媚般拉住胖女孩的手，躬身行禮道：「尊敬的德高望重的大祭司的孫女 —— 奇朵娣・卡塞斯蜜爾・美各麗・雅・艾爾莎小姐，能請你帶我們去見見您的爺爺嗎？」

「叫我艾爾莎就好了！」餃子的舉動顯然讓胖女孩的虛榮心得到了極大的滿足，她仰着頭開出條件，「如果你們想見我爺爺，就跟我去挖地瓜吧！」

挖地瓜？這是甚麼條件啊？大家目瞪口呆了。

而且，如果大家沒看錯，周圍幾個人聽到挖地瓜時都露出了退避三舍的表情。

難道這地瓜有甚麼與眾不同之處嗎？餃子三人凝神思考起來。

「放心，挖地瓜這種活就交給我吧！」只有甚麼都沒想的布布路露出一臉「我是專家」的輕鬆表情。

「布魯！」罪魁禍首四不像舒坦地跳上布布路的棺材，一副「與我無關」的樣子，打起了瞌睡。

片刻後，艾爾莎帶着幾人來到一片田地裏，放下一個竹籃：「就是這裏，拔出來裝滿籃子就行了。」

艾爾莎手指的地方泥土鬆軟，冒出土的葉子閃着翠綠光澤，只是拔出來的話，怎麼看也是一項極其沒有技術含量，也不需要任何人幫忙的工作。

但越是這樣，大家越覺得有甚麼不對勁的地方。

這種預感，在布布路率先拔出第一個地瓜時應驗了。

「哇——」那是一聲極其尖銳刺耳的淒厲慘叫。

「布魯布魯！」被吵了瞌睡的四不像暴躁地跳了起來。所有人都被那聲尖叫震得頭皮發麻，渾身汗毛倒豎。

發出慘叫的赫然是布布路手中的東西，可是……這是甚

麼？布布路一看，不由得嚇了一跳：拔出土的分明是一張慘白的人臉！

「媽呀，這是甚麼？」布布路反射性地將手上的東西拋了出去。雖然他經常要埋死人，但從土裏拔出人頭甚麼的，這可是有生以來第一次啊。

「笨蛋！你看清楚！」帝奇被後退的布布路撞倒，額頭上青筋直跳地吼道，「這只是個長得像人頭的地瓜吧！」

骨碌碌 ——

被布布路拋出去的東西終於停了下來，大家定睛一看，果然是一個長着人臉的地瓜。

再看艾爾莎捂着耳朵跑得遠遠的樣子，顯然她知道這東西會尖叫的。

「這是怎麼回事？」賽琳娜擺出大姐頭的架勢，一把抓住她。

「嘿嘿，如你們所見，這是一種會用尖叫來自衛的果實！即使用東西塞住耳朵，那聲音也能直刺耳膜，每次都很頭疼啊！」艾爾莎嘟嘴做無辜狀。

「哇！你們國家的地瓜真有趣啊！」看清楚後，布布路撿起地瓜把玩起來，出土的地瓜仿佛知曉自己將被吃掉的命運一般，五官緊緊地皺到了一起，看起來更加詭異了。

這樣的地瓜真的有人敢吃嗎？賽琳娜搓了搓手臂上的雞皮疙瘩，催促道：「布布路，趕快把籃子裝滿吧！」

她邊說邊嫌棄地離得遠遠的，餃子和帝奇也默契地拋棄了

布布路，讓他獨自與尖叫的地瓜奮戰。

幸好布布路是個神經堅韌的孩子，地瓜任務很快順利完成。

名不副實的聖殿

看着布布路手上裝得滿滿的竹籃，艾爾莎滿意地帶他們前往爺爺所在的聖殿。

紅魔鄉的聖殿矗立在一座山丘上。遠遠看去，海浪般起伏的乳白色矮牆在山丘底部的草地上環繞出三個巨大同心圓，長長的千級台階沿山而建，如同一道橫亙在山體上的天橋。聖殿的頂部是銀灰色的坡面，在陽光下反射出一道道耀眼的銀色光芒，十分恢宏壯闊。

可走近了才發現，千級台階上佈滿紫紅色的粉塵，兩側的石頭雕像歪歪斜斜、搖搖欲墜，三圈乳白色矮牆七扭八歪、破爛不堪，壁畫和浮雕的表皮斑駁剝落，碎裂的石縫裏生滿荒草，其破敗程度簡直和廢墟無異。

這就是「偉大的紅魔鄉」聖殿？太寒磣了吧？四個預備生面面相覷，但願大祭司不會像這聖殿的外表一樣名不副實。

爬完千級階梯，一走進那佈滿塵埃的寬闊聖殿，艾爾莎就立刻往四人手中塞了掃把和抹布，威脅般說道：「聽着，你們幫我挖了地瓜，所以我讓你們見我爺爺，但是兩個奶椰的錢你們還沒付，所以你們還要負責清掃聖殿，勞動抵債，你們幹完後

我會帶爺爺出來見你們！」

甚麼？挖完地瓜還要清掃聖殿？

眾人的臉一下子黑透了：為了兩個奶椰，他們虧大了！而且，艾爾莎折騰了他們半天，該不會是耍他們的吧？

可惜他們現在「身無分文」，又想找大祭司打聽情報，無奈之下，只能抄起掃把和抹布，硬着頭皮打掃起來。

「我去熬地瓜湯了，你們別偷懶啊！」當了一會兒「監工」後，艾爾莎晃動着圓滾滾的身軀，一搖三晃地朝聖殿後面走去。

雖然這座大殿髒亂無比，但對於在科娜洛、黑鷺和須磨導師手下成長起來的吊車尾小隊，清潔打掃這種小事可是家常便飯。

艾爾莎一走，餃子就對着賽琳娜和帝奇一陣擠眉弄眼，三人隨即默契地從口袋裏掏出了怪物卡 ——

「吼 ——」巴巴里金獅鼓氣吼出獅王咆哮彈，強勁的氣流一股腦兒吹走了大殿裏的灰塵。

「唧唧 ——」藤條妖妖令人眼花繚亂地舞動着四根長長的藤鞭，將盤踞在牆壁和屋頂上的爬蟲窩、蜘蛛網一掃而空。

「嘩啦啦！」水精靈噴射出強力水柱，將每一道磚縫都沖洗得乾乾淨淨。

沒一會兒工夫，大殿打掃乾淨了。餃子三人的怪物們大顯身手的同時，布布路也沒有閒着 ——

「掃掃掃，刷刷刷！嘿嘿嘿！」布布路一手握着拖把，另一

手舉着雞毛撢子，腦袋上還頂着一個鐵皮桶，像馬戲團耍雜技般，四肢噌噌揮動幾下，一級台階的粉塵就被刷得沒了影兒，台階恢復成原本的銀灰色。

布布路的身影快速移動着，千級台階很快就清掃完了。

布布路滿意地準備停下來歇口氣，順便欣賞一下勞動成果。這時，一道黑影突然衝了出來。

「砰」的一聲，布布路被撞翻在地，頭頂的水桶旋轉着飛了起來，滿滿一桶髒水從半空淋下來，將布布路澆成了落湯雞。隨後，鐵皮水桶「哐當」一聲砸下來，布布路腦門兒上鼓出一個燈泡般的大包。

「哎喲……」布布路暈頭轉向地爬起來，發現撞倒自己的是一個十歲左右的小女孩。

女孩的臉和身體都被遮在灰色長袍下，只露出幾縷金色的長髮。她手忙腳亂地從地上爬起來，灰袍下隱隱閃出一道紫紅色的流光。

沒等布布路看清楚，女孩就衝下台階跑掉了，速度快得驚人。

布布路向來反應都如野獸一般敏捷，而這個小女孩竟然神不知鬼不覺地靠近，又以迅雷不及掩耳之勢消失了。

「這裏的人都跑得好快啊！」想到為了奶椰而狂追自己兩條街的艾爾莎，布布路目瞪口呆地說。

大祭司爺爺

等布布路回到大殿的時候，迎接他的是艾爾莎誇張的尖叫：「哇啊啊，地震啦，地震啦！」

原來是怪物們在打掃時鬧出的動靜太大了，整座聖殿都跟着搖個不停。察覺到不對勁，艾爾莎急匆匆地攙扶着一個顫巍巍的老人從聖殿內堂裏走了出來。

不過此時餃子三人早就機靈地把怪物收了起來，餃子還裝模作樣地向艾爾莎報告：「艾爾莎小姐，我們已經打掃完了！」

艾爾莎揉揉眼睛，難以相信剛才還殘敗不堪的聖殿竟然變得一塵不染、光可鑒人了。

這，這⋯⋯這實在是太神奇了！

「他們就是你說的來幫忙打掃聖殿的外鄉人？」艾爾莎扶着的老人看上去年紀很大了，虛胖的臉上佈滿皺紋，頭髮、眉毛、鬍子全白了，

走起路來一顛一顛慢吞吞的，一副老態龍鍾的樣子，身上的藍褐色衣袍也上了年頭，顏色陳舊，像塊抹布。

「是的，爺爺。」艾爾莎回過神來，恭敬地答道。

這位老人就是大祭司？貌似不像艾爾莎說的那麼了不起啊！不過想想聖殿的破敗程度……布布路他們默默接受了眼前的現實。

「你們好，我真誠感謝各位將聖殿清掃得如此整潔。還有，謝謝你們幫我拔取尖叫的地瓜，我這幾年身體不太好，每日都要服藥提氣，這地瓜湯是藥引中不可缺少的一部分，真是辛苦大家了。」大祭司和善地跟大家一一打招呼，並客氣地說道，「如果我有甚麼能

幫助你們的地方，儘管說。」

「請問老爺爺，你有沒有見過我們的朋友 —— 原君啊？」布布路立刻比手畫腳將原君的外貌描述了一遍。

遺憾的是，大祭司搖搖頭，表示並沒見過原君。

「那您能不能告訴我們紅魔鄉究竟名從何來，又坐落在何處呢？為何這裏的集市繁華昌盛，唯獨聖殿卻破敗不堪呢？」餃子拉開布布路，問出一連串關鍵問題。

餃子的問題讓大祭司臉色微變，他抬頭瞻仰着聖殿閃閃發亮的穹頂，感歎道：「看到這裏如此煥然一新，讓我不由得回憶起往日的時光，聖殿也曾門庭若市，但從那一天起，一切都變了……」

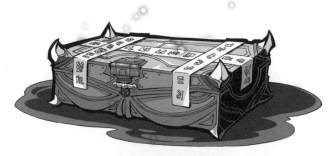

新世界冒險奇談
第四站 STEP.04
沉睡的紅魔傳說
MONSTER MASTER 15

絕望的災難之日

在餃子的詢問之下，大祭司神情惆悵地回憶起來：

紅魔鄉是藍星上的一個小國，由於四周天險環繞，鄉民們很少出去，也鮮有外鄉人進來，可謂與世隔絕。

自古以來，便有這片土地下沉睡着一隻紅色惡魔的傳說，紅魔鄉也因此得名。

傳說，倘若紅色的惡魔蘇醒過來，它就會吞噬掉這片土

地，無人能逃脫它的魔爪！

但這個傳說太過久遠，生活在這裏的人們早就不把它當真了，直到十年前的一天……

那原本是個風和日麗的日子，可就在正午時分，天色卻毫無徵兆地暗下來。

正在聖殿中為國民祈福的大祭司，聽見外面傳來撕心裂肺的哀號聲、求救聲、吶喊聲。他走出聖殿，立即被外面的情形驚呆了——

空氣中不知何時已飄滿遮天蔽日的紫紅色粉塵，充斥着刺鼻的酸味。接觸到粉塵的百姓紛紛倒在地上，痛苦地翻滾着。他們的皮膚全都變得猶如灰色的皺麻布，不詳的紫紅色斑點從眼底蔓延而出，慢慢地吞噬了大家的眼白。

一些年老體虛的百姓頃刻間氣息全無，無神的瞳仁就像一顆顆紫紅色的玻璃珠。

「哈哈——」一陣邪惡而可怕的笑聲如雷鳴般轟轟而來，一個巨大的猩紅色身影衝破紫紅色的污濁氣流，出現在我視線中。

我驚恐地望着那個愈來愈清晰的恐怖巨影，他無法形容那東西的樣貌，因為他從沒見過那麼噁心而醜陋的生物。

非得比喻的話，那生物看起來就像是一隻變異的巨型蒼蠅，渾身覆蓋着堅硬的毛刺，口腔裏長滿毒蛇牙般尖利的獠牙，身後還拖着一條毒蠍般的巨尾。最令人頭皮發麻的是，它龐大無比的身軀上佈滿密密麻麻的細小裂縫，當它動起來

的時候，那些裂縫起伏着張開，如同嘴巴一般，吐出腥臭的紫紅色粉塵。

那生物所到之處，植物凋零枯萎，土壤乾枯龜裂……

紅魔鄉頃刻間便淪為人間煉獄，濃霧下回蕩着百姓們此起彼伏的哀號，空氣中籠罩着濃濃的死亡氣息……

人們恍然大悟，紅魔的故事並不是甚麼傳說，而是被時間遺忘的歷史！

「那種鋪天蓋地而來的恐懼令我至今難忘，誰也沒想到傳說中的紅魔會真的出現！」大祭司的眼中充滿了恐懼，身體不受控制地戰慄起來，似乎深深陷入到那可怕的回憶中。

布布路幾人也全都屏住了呼吸，等待着後文。

勇者戰魔王

大祭司略帶沙啞的聲音，仿佛穿越時空般，將故事繼續了下去……

一切都太遲了，人們毫無防備。

無邊的恐懼隨着巨大的猩紅身影投射到千級台階上聚集的祭拜者們身上，致命的紫紅色粉塵也如決堤的洪水般呼嘯而至。

千級台階變成了死亡階梯，接觸到粉塵的百姓們全身的

皮膚像麻布一樣佈滿了恐怖的褶皺，他們痛苦地倒在地上哀號、掙扎……直至沒了氣息。

我的心中充滿對百姓們的悲憫和對紅魔的恨意，拿起武器，準備捨命一搏。

「嗚嗚……」這時，近旁的台階上傳來微弱的啼哭聲。

我忙跑了過去，就見一個母親彎曲的身體下緊緊環抱着一個繈褓中的嬰兒，剛才的粉塵攻擊下，是她用自己的身體護住了孩子！

我眼眶濕潤，他對這份深沉的母愛肅然起敬，決心哪怕犧牲自

己，也一定要保護好這位勇敢母親的孩子。

　　然而紅魔毫無慈悲心可言，它抖動着龐大的身軀，撲了過來。我慌忙抱起嬰兒，拼命地往聖殿深處跑。不打算有任何漏網之魚的紅魔緊追不捨，眼看那尖利而腥臭的獠牙將要咬上我，突如其來地，一道黑影將他們推到了一旁。

　　我睜眼看去，是一個青年救了他們。但他只看了一眼，散佈在空氣中的紫紅色粉塵就急劇旋轉、聚集，將紅魔和青年一起吞沒了……

　　我淚流滿面，他感歎於面對災難時人們的捨己為人和大義凜然，遺憾於美好生命消失的速度之快，讓人來不及反應……

　　就在這時，出乎意料的事發生了——呼嘯的狂風中竟然傳來激烈的打鬥聲。

　　青年沒死，而是跟紅魔戰鬥了起來。籠罩着紅魔鄉的紫紅色粉塵源源不斷地彙集到青年和紅魔身邊，形成一顆巨大的粉塵旋流球。百姓們的痛苦頓時得到了緩解，我緊張地守在一旁，默默為那位不知名的青年祈禱……

　　不知過了多久，在一陣驚天動地的爆裂聲中，粉塵旋流土崩瓦解。我戰戰兢兢地看去，紅魔醜陋的身軀已化為烏有，只有那青年的手中高舉着一顆猛烈跳動的紫紅色心臟。

　　青年戰勝了紅魔，挽救了紅魔鄉！

　　我激動地對青年表達了感謝與崇拜之情，青年卻遺憾地告訴我，紅魔的身軀雖然化為粉塵，但它並沒有真正死亡，青年能做到的只是掏出它的心臟，暫時切斷紅魔的力量來源。

　　我面如紙色地詢問青年是否有永絕後患的辦法。

　　青年沉默片刻後，拿出一個雕刻着古怪紋路的木盒，木盒內裝着一張寫滿咒文的封條，以及一塊墨錠。青年鄭重地囑咐大祭司：「這張『力量禁制符』能囚禁住紅魔化為粉塵的身軀，不讓其脫離聖殿的範圍。你需要每天用這塊墨錠研墨，複描禁制符上的咒文，一日也不可中斷，切記！」

　　隨即，青年揚了揚手，如同魔法一般，將紅魔的心臟收進了一張小紙片，向我告別道：「我必須把紅魔的心臟封印在另外一個寸草不生、沒有任何活物的地方，這樣才能防止紅魔復生。」

　　說完，青年離開了，我再也沒見過他。

　　「唉，」大祭司深深地歎了口氣，「這麼多年過去了，即使紅魔的身軀已經化為粉末，但那天的事仍是紅魔鄉所有人的噩夢。他們對紅魔的懼怕，讓他們甚至不敢靠近聖殿，聖殿也因此日漸破敗……」

　　大家恍然大悟，怪不得街上初遇的大叔會在聽了布布路的「童言無忌」後反應如此激烈。

　　「爺爺，複描禁制符上咒文的時間到了！」艾爾莎看着時間，出聲提醒道。

　　「噢噢噢，是勇者留下的禁制符嗎？我們能一起去看看嗎？」布布路雙眼發亮，好奇地問。

　　「跟我來吧。」大祭司點點頭。

　　「真的可以嗎？」賽琳娜露出不可思議的表情，「力量禁制符不是鎮壓着紅魔身體的重要東西嗎？真的能隨便給我們看嗎？」

　　「不可以啊！爺爺，都不知道他們是甚麼來歷！」艾爾莎鼓着臉，顯然不想帶他們同行。

　　但大祭司卻将着鬍子說：「我活了這麼久，沒甚麼特別的本事，最有自信的就是看人，從他們眼神中就知道他們都是好孩子。」

　　說罷，他邁着蹣跚的步子在前面帶路，布布路一蹦三跳地跟在後面，餃子三人則若有所思地交換着眼神。

失竊的禁制符

　　刻着古怪紋路的木盒、寫滿咒文的力量禁制符……這些似曾相識的字眼讓餃子他們不約而同地想起從海底棺木中冒出來的少年赫維留斯以及強大到無法戰勝的水元素始祖怪——海因里希。（見《怪物大師‧遠古巨獸的斷齒迷蹤》）

難道所謂的紅魔也是某種始祖怪？是它創造出了「紅魔鄉」這個奇妙的空間嗎？

三人正凝神思考，大祭司突然停住了腳步，原來說話間，大家來到了一堵大石牆前。

他從衣領裏掏出一串海貝打磨成的瓔珞鏈子，鏈子中間懸着一塊橢圓形的黑色吊墜，古樸大方、潤澤明亮。大祭司指着吊墜，感慨地說：「這墨錠很神奇，十多年使用下來，它的大小竟然一點沒變，簡直用之不竭。」

「噢噢噢，實在太神奇了！」布布路又是一陣驚呼，艾爾莎則用看鄉巴佬的眼神看着他。

「如果我哪天去了，這任務就是你的了。」大祭司摸摸艾爾莎的頭。

「爺爺放心，我會接替您的使命，盡全力守護紅魔鄉的！」艾爾莎握拳宣佈，稚嫩的聲音響亮而清脆。

大祭司欣慰地點點頭，將牆上早已不亮的壁燈轉了一下。

「嘎啦啦」一聲長

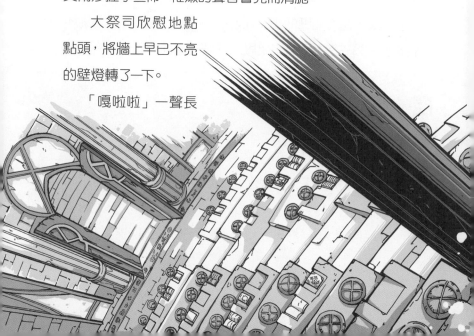

響過後 —— 石牆緩緩移動，露出一間密室。布布路他們充滿期待地往裏看去，錯落的灰磚盡頭擺放着一張石桌。

大祭司突然撲向石桌，驚慌失措地叫起來：「禁制符不見了！」

石桌上的木盒空空如也，絲毫沒有禁制符的蹤影。

強烈的震驚和恐懼之下，年邁的大祭司急火攻心，身子一晃，倒頭昏厥過去。

「爺爺！」艾爾莎想要扶住大祭司，無奈大祭司的體重遠遠超過了她，她根本扶不住，幸好布布路一把架住了大祭司。

趴在布布路身上的大祭司眉頭緊鎖，夢囈般喃喃道：

「災難，災難要來了！」

MONSTER MASTER

這是成為怪物大師的必經之路！！！

尊敬的讀者：現在你跟隨布布路一起踏上了成為怪物大師的道路！向所有的困難發起挑戰吧！

【藍星、地球，差距有多大】

Q 02 以下哪種貨幣是可以在藍星上使用的？

A. 人民幣　　　　　B. 美金
C. 盧克　　　　　　D. 盧布

答案在本頁底部，答對得5分，你答對了嗎？

■即時話題■

賽琳娜： 最近我們遇見的好多怪物都是《怪物圖鑒》上找不到的，真不知道為甚麼要說它是關於怪物的百科全書，完全名不副實啊！

餃子： 大姐頭，說得對！我也覺得怪物大師管理協會應該出增補版的《怪物圖鑒》，然後把我們遇到的那些稀有怪物加進去，順便再注明「資料由摩爾本十字基地怪物大師預備生餃子收集提供」，到時一定會有很多小姑娘想知道我是怎麼收集到資料的……

帝奇： 然後你就可以在她們面前大吹特吹自己是個英雄。

餃子： 嘿嘿嘿，這都被你猜到了！

賽琳娜： 餃子，你笑得好噁心，離我遠點。

布布路： 我突然想到餃子其實也可以像十影王沙迦一樣寫冒險故事啊，嗯，一定很好看！

餃子（擁抱布布路）： 嗚嗚嗚，布布路我真是太感動了，世界這麼大，只有你是唯一瞭解我才華的人啊！

帝奇和賽琳娜（翻白眼）： 兩個笨蛋！看吹牛的故事嗎？！

完成這個測試後，你可以判定自己作為讀者對布布路他們所在的藍星的瞭解程度。

測試答案就在第十五部的211頁，不要錯過哦！

新世界冒險奇談
第五站 STEP.05

狂鼠之災
MONSTER MASTER 15

不祥的前兆

　　發現禁制符不見之後，大祭司心急昏厥，艾爾莎六神無主。

　　帝奇沿着密室牆壁走了一圈，沒有發現甚麼異狀，便問艾爾莎：「除了大祭司和你之外，還有誰知道禁制符藏在密室裏？」

　　「十多年間，爺爺偶爾也曾帶過幾個人來參觀⋯⋯」艾爾莎心慌意亂地用雙手捂住胸口，哀號道，「可是沒人會偷禁制符吧？畢竟事關生死⋯⋯天啊，地啊，我的媽啊，不會是有人

想摧毀紅魔鄉吧?!」

「艾爾莎,你先冷靜下來,」賽琳娜拍拍艾爾莎的肩膀,安撫道,「我們一起在聖殿附近找找,也許能發現點蛛絲馬跡,把禁制符找回來!」

大夥兒把大祭司安頓好後立刻行動起來,分頭在聖殿裏外摸索調查。

「啊——」艾爾莎剛剛走出聖殿就發出一聲超高分貝的尖叫。

布布路一行人慌忙飛奔出去,只見艾爾莎虛脫地跪倒在地,正對着千級台階哇哇大哭。

「怎麼回事?!」布布路湊上前問。

「台階上……台階上的粉塵都不見了……」艾爾莎眼睛裏的淚水不斷嘩嘩往外流。

「咦,千級階梯被我打掃乾淨了難道不好嗎?這有甚麼好哭的?」布布路委屈又不解地撓了撓後腦勺。

「掃乾淨的?不!這絕不可能!」聽了布布路的話,艾爾莎露出了更為驚恐的表情,使勁搖着頭,「爺爺說過,千級台階上的粉塵就是紅魔潰散的軀體,別說用掃帚了,就算換上鋼絲球都擦不掉,我小時候親手擦拭過的!」

「嗯……那些灰塵竟然是紅魔潰散的軀體?大祭司曾說聖殿裏的禁制符是鎮壓紅魔軀體的關鍵所在。」餃子摸着下巴,推斷道,「如果是這樣的話,很可能布布路在打掃的時候,禁制符已經被偷走了,所以布布路才能把千級台階上的粉塵全都

掃掉。」

「噢，我想起來了！」布布路猛地一拍腦門，激動地說，「我在台階上撞到了一個小女孩，她是從聖殿裏跑出來的，當時她懷裏揣着一個東西，好像還閃着隱隱的紫紅色光芒。」

「紫紅色的光？」艾爾莎雙目圓睜，猶如噴火的小猛獸，她張牙舞爪地揪住了布布路的衣領，怒吼道，「那就是禁制符上面的字發出的流光！那個小女孩就是小偷！可惡！她想害死我們所有人嗎？我一定要把她找出來，狠狠揍她一頓！對了，她跑哪裏去了？跑哪裏去了啊？」

「我，我不知道……她跑哪裏去了……」艾爾莎的蠻力讓布布路快喘不過氣來了。幸好，餃子和帝奇同時出手，一左一右架住艾爾莎，將她拖離。

恐怖的老鼠來襲

「原來不速之客已經悄然造訪過了，禁制符被竊走，紅魔的身體消失，接下來還會發生甚麼呢？情況不容樂觀啊……」賽琳娜整理着現有的情報，但她話還沒說完，面色就驟然一變，尖叫道，「哇！有老鼠！」

奇怪，大姐頭除了蟻蟥之外，甚麼時候也開始怕老鼠了？

「布魯布魯！布魯布魯！」四不像就像應和賽琳娜一般連續叫喚起來，那聲音顯然充滿了厭惡。

布布路低頭一看，頓時明白了。

千級台階附近小洞中的老鼠不知何時傾巢而出，如同黑色的潮水一般黑壓壓地迅速擁上一級級的台階⋯⋯

艾爾莎只覺眼前發黑，心頭充滿了不祥的預感：「爺爺說的，災難要來了⋯⋯」

「恐怕你爺爺說對了，仔細看，這些老鼠全都不對勁！」帝奇眉頭緊蹙，眼中閃過一絲冰冷的寒意。

黑壓壓的鼠群帶着潮濕和腐臭難聞的氣味蜂擁而至，很快就滿滿地佔領了千級台階。

這些老鼠看起來十分焦躁不安，更令人心驚的是，它們的身體上長着無數大大小小的膿包，讓它們的身形看上去膨脹了數倍，毛髮也因此變得稀稀拉拉，露出有如粗麻布般凹凸褶皺的灰色皮膚。這些鼓脹的膿包下仿佛有甚麼在蠕動，不斷吞噬着周圍健康的組織。

從小在墓地長大的布布路原本對蛇蟲鼠蟻這些生物是完全不怕的，但此時他也感覺頭皮發麻，不由自主地打了個冷戰。

這是怎麼回事？這些老鼠身上發生了甚麼事？

來不及多想，緊接着，令人毛骨悚然的一幕發生了 ——

老鼠們占滿千層石階後，停止了狂奔，齊齊直立起身體，喉嚨裏發出低沉可怕的咆哮。

「嗦嗦 —— 嗦嗦 —— 嗦嗦 ——」那叫聲此起彼伏，如同一曲來自幽冥的詭異葬歌。老鼠們的表情也愈來愈痛苦，然後，它們突然像發了瘋似的開始相互攻擊、相互撕咬對方的身體。

鼠背上被咬破的膿包滲出的黏稠的膿水中，一隻隻雙眼赤紅、尖牙突出的小老鼠鑽了出來！小老鼠渾身沾滿黏稠腥臭的膿液，齜牙咧嘴地扭動着身體，以肉眼可見的速度再次膨脹成大老鼠並加入相互撕咬的行列，然後再分裂出更多的小老鼠，其繁殖速度快得不可思議。

「哇啊 ——」這駭人的一幕讓艾爾莎胃液上湧，忍不住嘔吐起來。

賽琳娜面色蒼白，雙腿像篩糠一般顫動着：「太恐怖了，從今天起老鼠在我心裏的恐怖地位要超過蟻螂了！」

「不好！它們朝集市去了！」餃子手搭涼棚朝下方張望着說道。

就在大家目瞪口呆的瞬間，鼠群已經擴大成一股翻湧着惡臭、攜帶着死亡瘟疫的黑色浪潮，開始佔領它們能踏足的每一寸土地，源源不絕地湧向山頭下的集市⋯⋯

預備生們的反擊

「我們必須去救那些平民百姓！」

看到鼠群往集市而去，布布路一馬當先地追了下去，賽琳娜也平復心情跟餃子一起跟上，唯獨帝奇露出一臉嫌棄的表情僵在了原地。

救人刻不容緩！身為怪物大師預備生的榮譽感和使命感催促着布布路，他着急地回頭一把拽住了帝奇，帝奇還沒來得

及反應，就被布布路猛地擲了出去。帝奇完全沒料到布布路會「偷襲」自己。

等帝奇回過神來時，他已經掉入了鼠群中央……他的腳如同陷入了污泥一般，被老鼠綿軟腥臭的軀體包裹着，根本踏不到實地。原本不論老鼠再怎麼猙獰詭異，帝奇也是無動於衷的，但那些黏液實在是太噁心了，這些黏糊糊的東西粘在身上讓帝奇大腦一片空白，幾乎無法思考。

而受到驚擾的鼠群齜出參差不齊的尖牙，兇狠地朝着目光呆滯的帝奇咬去！

「巴巴里！特殊進化！獅王咆哮彈！」看到渾身沾滿黏稠腥臭的膿液的老鼠們在自己眼前不斷放大，帝奇如驚醒一般怒吼起來，兩招連發！

被召喚出的巴巴里金獅閃爍着耀眼的金光，呈現出比平時巨大不止一倍的身軀。它鼓起巨大的胸腔，發出一聲驚天動地的巨吼，空氣中的每個分子都在巴巴里金獅的吼叫中顫動起來。

一股極其強大的氣流噴射而出，旋轉的氣流瞬間捲起帝奇身邊的無數老鼠，將它們一股腦兒地從地面掀到半空，再「噼里啪啦」地落到地面上，碎成肉醬，化為黑色的粉塵。

「哇！這是甚麼啊？」艾爾莎目瞪口呆，沒想到自己隨便找來的「打工仔」竟然如此厲害。

升級的巴巴里金獅威力巨大，眨眼間，大家面前出現了一片巨大的扇形潔淨區域，整個千層石階一大半變得乾乾淨淨。

地面上只有零星幾隻被聲波直接轟爆的老鼠屍體化成的一堆粉塵。

然而發瘋的老鼠絕不可能善罷甘休，它們迅速集結，前赴後繼地朝大夥兒衝擊，將潔淨的區域再度侵蝕。

「水精靈，高壓水柱！」賽琳娜抓住這個機會，讓水精靈朝四面八方噴出高壓水柱。一股股強大清涼的白色水柱將衝上前的老鼠再次擊退，阻止了四面八方湧過來的黑色鼠潮。

「藤鞭！」餃子指揮藤條妖妖旋轉着甩出它身上的四根藤鞭，就像割草機一般，用高速旋轉的藤鞭將靠近的老鼠抽開，為大家開闢出一條前進的通路。

幾人在實戰中配合默契，就像經過了精心計算一般。

「等等我！你們等等我！」一個氣喘吁吁的聲音響起，餃子回頭一看，艾爾莎竟然跟了過來。

「太危險了，你別跟來啊！」賽琳娜示意艾爾莎趕快返回聖殿，鼠群目前的動向是一路往地勢低的地方擁去，山頭最高處的聖殿相對而言可算是安全之處。

「我也要幫忙！」艾爾莎拿起一把鏟子，狠狠往身邊的老鼠身上敲，目光灼灼地說，「我是大祭司的孫女，要代替爺爺守護紅魔鄉的百姓，至死不渝！」

看到艾爾莎如此勇敢，布布路示意艾爾莎留在他們中間，並且鼓勁說道：「加油，艾爾莎，我們一起守護紅魔鄉！」

布布路鬥志昂揚，揮動着棺材橫掃豎劈，加上四不像的十字落雷，將老鼠打得四散而逃。幾人加快腳步跟進了集市。

集市的情況糟糕極了：下水管道的井蓋被掀開，更多的老鼠瘋狂地撲了出來，老鼠軍團的規模更為龐大了。它們在街道上橫衝直撞，飛簷走壁般衝過民宅，向着四面八方肆虐而去。

　　災難來得太快了！毫無防備的人們陷入恐慌和混亂，膽子小的關緊門窗將自己縮藏起來，膽大的利用觸手可及的「武器」驅趕鼠群。

　　但老鼠們絲毫不畏懼人類，它們速度極快，嗜血而瘋狂。鼠群的尖牙咬斷了人們手中的武器，利爪撕破衣服刺入人們的

皮肉。百姓們的血肉之軀根本無法對抗這些惡獸，人們所能做的只有邊尖叫邊四處驚慌逃竄。

　　布布路他們焦急地對視一眼，各自散開，加入「滅鼠」行動。

MONSTER MASTER 15

新世界冒險奇談

第六站 STEP.06

衝破塵霧的聯合救援

MONSTER MASTER 15

🔲夢重現

　　如同瘟疫黑潮的鼠群愈來愈密集，人們所佔的空間愈來愈狹小，漫天都是血霧……

　　原本四個預備生加上體力還是滿點的怪物們對付老鼠並沒有甚麼難度，但這些老鼠無窮無盡的數量卻讓人頭疼不已。要在瘋狂的鼠潮中保證百姓們的安全，更是難上加難，顧此失彼的情況頻繁出現。

　　隨着時間慢慢推移，老鼠的數量仍然不見有任何減少的跡

象，但是受傷的百姓卻愈來愈多，四周不斷傳來老百姓淒厲的哀號聲 ——

「嗚嗚嗚，救命啊！」

「孩子，我的孩子不見了！」

「我的腳扭傷了，好痛啊！」

極大的恐慌之中，老百姓驚慌失措地奔跑逃命，你推我、我推你，老人和兒童被推倒在地，哭喊和求救聲此起彼伏。

布布路四人和怪物們分散開來想要吸引老鼠們的注意力，但老鼠們並不理會，它們更加樂於攻擊它們能見到的最近目標。

「大家不要推擠，不要驚慌 —— 啊！」看見布布路他們分身乏術，艾爾莎爬上一處高台，雙手在頭頂奮力揮舞，聲嘶力竭地大叫。可是面對如此混亂的局面，她的聲音迅速被淹沒在了人群的喊叫聲中。

街道上亂成一鍋粥，人群也開始變得像鼠群一樣躁動不安，恐慌就像病毒一般在四散逃竄的人群中蔓延。被老鼠咬傷的人們，沒有目的地四處逃竄，可是不管跑到哪裏都是蜂擁而至的鼠群。

眼尖的布布路發現混亂的人群中，有一個穿着爛布條般的破衣服、蓄着一臉雜亂絡腮鬍的中年大叔，正腳步輕快地在鼠群中游走。令人驚奇的是，這位流浪漢裝扮的大叔竟然像神明護體一般，每一步都巧妙地避開老鼠的撕咬，並且他手裏還捧着一個髒兮兮的小本本，不時用筆在本子上記着甚麼……

「咦？好厲害的大叔啊！」布布路忍不住連連稱歎，「他在寫甚麼呢？」

沒等布布路多想，騷亂的人群中又爆發出新的危機 ——

不知何時，那些被擊潰的老鼠化成了一團團細小的粉塵，飄散到空氣中，空氣中很快就充斥了濃重的紫紅色粉塵，鋪天蓋地的粉塵將整個世界都染成了紫紅色！

人們吸入大量的紫紅色粉塵後，開始變得不對勁了，他們瞪大眼睛、張大嘴巴，互相驚恐地看着 —— 他們的身體就像是浸泡在水中的紙片，皮膚彷彿脫離皮肉般扭曲起來，泛起一道道灰色的褶皺，隨着褶皺的擴大，人們的體力也像被一隻無形的大手一點點地抽走了……

很多人絕望地癱倒在地，瞪圓的瞳仁中也長出詭異的紫紅色斑點，他們發出像被烈焰灼傷般的哀痛號叫。

災難在加劇，人們的每一聲號哭和尖叫，都令他們被動地吸入更多的粉塵，惡性循環般加速着灰色褶皺的擴

張。鼠群也像受到了粉塵的蠱惑，更加瘋狂而貪婪地襲向人群。

「糟糕，粉塵有問題！」帝奇急聲道，「大家快屏住呼吸！」

「這紫紅色的粉霧、蔓延的褶皺……莫非……」餃子牙縫裏抽着涼氣，「莫非大祭司口中那場十年前的『噩夢』，真的重現了？」

誤會，腹背受敵

布布路他們的四周，目力所及的所有區域都被籠罩在不祥的紫紅色粉霧之中。

灰色在人們身體上蔓延、遊走，到處都是倒在地上的百姓，痛苦的呻吟聲、淒慘的嗚咽聲、紛亂的逃命腳

步聲不絕於耳，每一個人都仿佛看到死神高舉着鐮刀，正要朝着自己的頭顱狠狠揮下。

「我的天！看來潰散的紅魔身體侵入老鼠，讓它們成為臨時宿主，這……這恐怕是紅魔復活的前兆啊！」賽琳娜驚呼。

「繼續攻擊這些老鼠已經沒有任何意義了，我們得先把百姓帶到安全的地方。」帝奇很快得出結論。

可是哪裏才是安全的，怎麼做才能保護大家呢？

「水精靈，神聖障壁！」賽琳娜沉思片刻，高聲向水精靈下達指令。

水精靈冰藍色的身軀奮力鼓動，一個晶瑩剔透的巨大水泡迅速展開……經過幾次實戰，賽琳娜開始慢慢學會按自己的節奏來駕馭水之牙的力量，不再像之前爆發式的使用後，整個人都陷入長時間的虛脫狀態。

而這次她做得尤為出色，街道上很快出現了一道水幕，這水幕看似薄而清透，實則堅韌無比，將那些古怪的紫紅色粉塵隔離開來。

被水牆保護的部分百姓頓時得到了緩解，當他們抬起頭來的時候，卻詫異地發現自己如同置身人間地獄。

這種絕望的感覺仿佛是做了一個十年的美夢，當夢醒過來的那一刻，迎接他們的卻是異常殘酷的現實……

「紅魔？難道是紅魔蘇醒了嗎？」百姓們突然意識到了甚麼。

「可是，當年紅魔明明被勇士擊敗了啊，它的身體不是被禁制符上的咒語束縛在聖殿裏了嗎？」

「是不是大祭司今天忘記複描禁制符了？」

「大祭祀，大祭司在哪裏？」疑惑的情緒像會傳染一般，能動的百姓焦急地尋找着大祭司的身影。

「你們不要錯怪我爺爺，我爺爺從來沒有一天忘記過複描禁制符 ——」艾爾莎灰頭土臉地從人群中鑽了出來，大聲替爺爺解釋，「是因為禁制符失竊了，有人偷偷潛入聖殿，偷走了禁制符！」

她的話就像一顆火種，將人們內心的不安和憤怒之焰徹底引燃了，眾人七嘴八舌地議論起來：

「天哪，禁制符被偷走了，這麼說，紅魔真的要重現人間了！」

「究竟是甚麼人偷走了禁制符？難道不怕大難臨頭嗎？」

「我們不想死啊，要把禁制符找回來！」

「可惡的小偷，我們得把小偷找出來 ——！」

大人們議論紛紛的時候，一個小男孩從人群中鑽了出來，指向布布路一行人，脆生生地喊道：「他們不就是剛剛集市上的小偷嗎？小偷在那裏 ——」

天真的孩子以為大人們尋找的是之前偷奶椰的人，人們的目光隨着孩子的手指聚集到布布路幾人身上。

氣氛頓時詭異起來，百姓們並沒有意識到正是那金髮的異鄉女孩在用薄薄的水幕保護着大家，反而注意到這些穿着古怪的異鄉人毫髮無損，並且他們的身邊還跟着一些奇怪的生物。

「難道他們是紅魔的幫兇嗎？」

「一定是他們偷走了禁制符！看，他們能抵禦粉霧的侵蝕！這就是證據，他們肯定蓄謀已久了！」

「可惡的外鄉人，快把禁制符還回來！」

老百姓的竊竊私語逐漸變得大聲起來，他們的目光裏除了抱怨，還有一絲壓抑的憤怒。

悲憤而絕望的氣氛之下，人們衝向布布路他們，把他們當成災難的罪魁禍首。

「喂喂，我們不是小偷，我們是來幫助你們的……」餃子心急地想要辯解，但他的話語很快就被老百姓愈發高漲的怒吼聲淹沒了。

「快把禁制符交出來，否則我們就不客氣了！」幾個感染比較輕的人咬牙從地上爬起來，他們抄起磚頭和木棍，惡狠狠地朝布布路他們衝過來。

「嗷——」眼看一個魁梧大叔的棍棒就要落下，巴巴里金獅突然發出一聲低吼。魁梧大叔驚嚇之下本能地畏縮了，他小

心翼翼地回過頭看了一眼巴巴里金獅。

令他意外的是，巴巴里金獅的這一聲低吼，並不是針對他，而是對着遠處的人群，好像在忌憚着甚麼。

布布路一行人也都好奇地看了過去——發現人群中站着一個身穿整潔白衣的年輕人，站在混亂污濁的紫霧中，與他四周剛剛被病毒蹂躪的百姓相比顯得格格不入，更奇怪的是，青年暴露在空氣中的皮膚顯得異常白皙，絲毫沒有受到紫色粉霧的侵蝕。

挽救危局的青年

「你是甚麼人？」看到青年走過來，魁梧大叔生氣地朝白衣青年吼道，並一把將青年推開。

青年被推了個踉蹌，卻並不生氣，他的臉上露出一抹鎮定自若的笑容，右手在空中畫出一道優美的弧線，以迅雷不及掩耳之勢用食指在魁梧大叔身上輕輕地彈了一下。

那力量看似不大，可魁梧大叔的身體卻像被拉緊的橡皮筋抽打的麵粉袋一般，爆出一團烏煙瘴氣的紫紅色粉塵。

當那團粉塵散去後，所有人都呆住了：魁梧大叔身上的紫黑色褶皺竟然全都不見了！

「這，這……」大叔頓時感到呼吸自如、如獲新生，他難以置信地望着自己完好如初的皮膚，欣喜若狂地大叫，「我得救了，我得救了！」

「好厲害的『彈指神功』！你是誰啊？」布布路的嘴巴張成巨大的O形。

其他人也都看得瞠目結舌，疑惑地看着青年。

「我知道了！我知道了！」艾爾莎像個陀螺一樣圍着青年轉起了圈圈，兩道肉縫一般的小眼睛裏閃動着崇拜的小星星，激動地問，「大哥哥，大哥哥，莫非您就是傳說中的『勇者大人』？」

勇者大人？！

當艾爾莎說出這個詞，百姓們看向青年的目光頓時變得恭

敬不已，他們自動忽略這是個疑問句，齊聲歡呼起來：

「勇者大人萬歲！」

「勇者大人是救世主！」

難道他真是十年前那位戰勝紅魔的勇者？布布路四人也好奇地打量着青年。

「勇者大人，快救救我們吧！」

百姓們紛紛對着青年跪拜起來，他在絕望中出現，讓大家猶如在無望的黑暗中抓住了一道光芒，這光芒雖然微弱，但力量卻直達人心！這道光芒便是希望！

人們的表情重新煥發出生機，如潮水般湧向他，懇請他的救治。

「大家放心，我一定會盡力救大家的，請大家不要擁擠，將病情嚴重的老人和孩子送到前面來，先接受治療！」青年親切的話語、和善的態度就像一針強心劑，讓老百姓暫時忘記了肉體的痛苦，讓他們緊繃的神經放鬆下來。

「百姓交給我來治療，你們四個擋住其他通路過來的鼠群!」青年動手救治百姓的同時不忘扭頭囑咐布布路四人。

奇怪的是，布布路總覺得當他的眼睛掃過四不像及其他怪物時，他的神情有些古怪。

難道是因為他沒看見過怪物，所以有些害怕嗎?

布布路正低頭思索，餃子突然出聲了，他驚喜地指着天空 :「你們看，風向好像改變了……」

原來，受到風向的影響，成團的粉塵正向着遠離聖殿的那片原始森林方向移動。

運氣真是太好了!看來老天在眷顧着紅魔鄉。看到這一幕，老百姓淚眼婆娑地互相安慰起來，一直集中精力維繫着神聖障壁的水精靈和賽琳娜終於能坐下來喘一口氣了。

可這一切都是巧合嗎?禁制符失竊，紅魔的身體隨風飄散，老鼠受到侵襲，繼而人類感染……就在這危急時刻，勇者出現了，風向也仿佛在給人們提供生路……

帝奇不由得思索起來，而他身邊的巴巴里金獅始終警惕地看着被奉為勇者的青年……

【藍星、地球，差距有多大】

 03 以下哪種動物是只存在於藍星上的？

A. 老鼠
B. 蟻蠊
C. 螞蟻
D. 跳蚤

答案在本頁底部，答對得5分，你答對了嗎?

■即時話題■

賽琳娜：我以為在千瞳石窟遇到的變異蟻蠊已經是噁心到了極致，沒想到現在又遇到了變異老鼠……嗚，這簡直就是沒有最噁心，只有更噁心！

餃子：大姐頭，你看開點吧！我們天生就沒有那種「清清爽爽出門，漂漂亮亮回基地」的命！

布布路：其實鼠群的噁心程度還好……

賽琳娜（抓狂）：甚麼叫噁心程度還好？是不好，很不好！我已經想像不出比它們更噁心的東西了！

布布路：那是因為大姐頭你沒碰到過，半夜被四不像吃撐後的嘔吐物熏醒，而它還吐在我身上的事情……

賽琳娜：布布路，你到底被自己的怪物欺負得多慘啊？

完成這個測試後，你可以判定自己作為讀者對布布路他們所在的藍星的瞭解程度。

測試答案就在第十五部的211頁，不要錯過哦！

這是成為怪物大師的必經之路!!!

尊敬的讀者：現在你跟隨布布路一起踏上了成為怪物大師的道路！向所有的困難發起挑戰吧！

MONSTER MASTER
LOVES DREAMS

新世界冒險奇談
第七站 STEP.07
機密信息
MONSTER MASTER 15

隔離戰術

由於風勢的改變，一直在漫天塵霧中疲於奔命的布布路四人和集市裏的老百姓終於得到了片刻喘息的機會。

「風勢雖然不大，但很穩定，短時間內風向應該不會改變，」青年審時度勢地向大家提議，「趁這些粉塵飄遠，我們可以掩護集市裏所有百姓躲進聖殿裏去！」

「這個辦法可行！」餃子眯着狐狸眼，老謀深算地分析道，「大家看，通往聖殿的台階只有一條，只要切斷台階，就能阻

隔鼠群！」

「事不宜遲，趕緊行動！」沒等餃子話音落下，艾爾莎早已激動地跳起來，迫不及待地大喊，「所有人聽我指揮，大家用最快的速度進入聖殿避難，快快快！」

在艾爾莎的「搖旗吶喊」下，大批百姓一股腦兒地擁向台階，狹窄的台階上一下子像塞爆的沙甸魚罐頭，剛剛穩定下來的秩序再度大亂。

「真是成事不足，敗事有餘！」帝奇瞪了艾爾莎一眼，額頭青筋暴跳。

賽琳娜暗暗捏了一把汗：幸虧帝奇被鼠群牽制住，否則艾爾莎現在肯定成了一株渾身插滿飛鏢的仙人球了。

艾爾莎心知自己又闖禍了，心虛地吐着舌頭，不好意思再作聲了。

「大家不要擠啊，排隊上台階，讓老人和孩子先走！」布布路四人狼狼地維持着秩序，不時被亂跑的百姓撞得東倒西歪。

混亂中，布布路的衣袖突然被人用力地拽住了，他回頭一看，不由得愣住了：拽住他的人正是之前那位如有神明護體般的流浪漢大叔。大叔目光灼灼地盯着布布路，就像一個饑餓的人盯住一塊香噴噴的蛋糕，他的嘴巴快速翕動着，似乎在對布布路說甚麼——

「你……我……不要……」

「大叔，你說甚麼？」布布路費勁地豎起耳朵聽，可四周實在是太嘈雜了，根本聽不清流浪漢大叔在說甚麼，很快，大叔

就被潮湧般的人流撞開，消失在布布路的視線中……

幾十分鐘後，混亂的人群終於有驚無險地進入了聖殿，一路負責在隊伍最後攔截鼠群的布布路四人也已經累得大汗淋漓。

沒時間休息，殿后的布布路和帝奇深吸一口氣，開始斬斷石階——

「轟！」布布路高舉金盾棺材，將橋面上的岩石砸得火星四濺。橋面震盪，裂開了一道細小的裂縫，這裂縫如蛛網般以極快的速度向四周蔓延開。

「砰！」巴巴里金獅在帝奇的指揮下揚起巨大的金剛掌，直擊大橋的基石。

「轟隆隆」一聲巨響，堅固的千級台階的中部崩塌了，粉碎的岩石像爆米花般四下炸飛，只留下一道橫亙在山體中間的深淵。

蜂擁上來的老鼠像黑色的暴雨般撲簌簌掉進山澗裏，鼠群終於被截斷了。

令人疑惑的勇者

持續戰鬥了數小時的四個預備生長舒一口氣，將怪物們收入卡中休息後，便拖着疲憊的步伐走進聖殿。

聖殿內，百姓們排起了長隊，白衣青年正在為他們治療，他的手指不停地在一個個病人皮膚上輕彈，只要經由他的觸及，紫紅色粉塵就從人體內悉數排出，被風吹離聖殿。

「勇者大人……謝謝……」人們對青年無不感激涕零。

痊癒的人們互相擁抱，分享剛剛命懸一線的心情。

聖殿已經十年沒有如此熱鬧了，在這高高低低的說話聲中，門簾後昏迷中的大祭司動了動手指，蘇醒過來。

守着爺爺的艾爾莎急忙獻寶般告訴他：「爺爺，您看，勇者大人又在危機中來幫助我們了！」

「勇者大人？」一聽到「勇者大人」四個字，大祭司渾濁的瞳仁中立即閃現出光彩，他掀開門簾，激動地向人群簇擁着的地方張望。

但當他看清白衣青年的樣子時，目光中的興奮卻變為了疑惑，隨後暗淡下來。

眼尖的帝奇沒有錯過這一幕，他拉着餃子幾人走到大祭司旁邊，單刀直入地問道：「那傢伙不是甚麼勇者，對不對？」

大祭司面色一緊，放下門簾，壓低聲音對大家道：「我雖然身體虛弱、老眼昏花，但勇者的臉卻永遠不會記錯，這青年並不是當年打敗紅魔的勇者大人！」

「甚麼？」艾爾莎就要叫喚，餃子及時捂住了她的嘴巴。

他對艾爾莎做了個噤聲的手勢，又朝外面使了個眼色，那意思是不管白衣青年是甚麼人，看那些簇擁着他的百姓的表情就知道，此刻他是所有人的精神支柱，即使是個誤會也只能暫且假戲真做了。

「大家先不要聲張，我覺得他不像壞人，」賽琳娜輕聲安撫艾爾莎，並分析道，「他如同及時雨般在危難中出現，一刻也沒

休息地為百姓們治療，挽救了大家的生命，這是不爭的事實。就算他不是傳說中那個擊敗紅魔的勇者，卻也十分令人尊敬。」

　　大祭司贊同地點點頭。毫無疑問，那位來歷不明的青年是大家現在的希望。

　　帝奇雖然不喜歡這位青年，卻也找不出甚麼可以指責他的地方，只好暗暗繼續觀察。

　　然而青年就如賽琳娜所說，累得滿頭大汗卻始終一絲不苟地救人，仔細為每一個百姓檢查治療。大祭司自詡擅長看人，可看了半天也看不透這青年。

　　過了好半天，青年終於治療完最後一個病人，身心俱疲的人們橫七豎八地躺在地上沉沉睡去……

　　大祭司和艾爾莎將青年和布布路四人請入聖殿的內堂，招待了簡單的飯菜後，大祭司突然撲通一聲跪倒在地，淒聲懇請道：「請你們救救我們這個國家吧！」

「哇，大祭司爺爺，你這是做甚麼？」布布路嚇了一跳，忙伸手攙扶大祭司，「請起來說話。」

「我孫女已經將幾位的事跡都告訴我了，幾位都絕非等閒之輩。如今，禁制符失竊，紅魔的身體恢復自由，如果再和被封印的心臟結合，紅魔將會甦醒，如此一來，不僅紅魔鄉會覆滅，恐怕整個世界都會迎來一場無法挽回的大災難！」大祭司老淚縱橫地央求青年和布布路他們，「雖然不知道各位究竟是何方人士，但你們是紅魔鄉的希望，請各位英雄無論如何幫我們避免這場滅頂之災！」

艱巨的使命

「英雄可不敢當，」迎上大祭司誠懇的眼神，布布路拍著胸膛答應了下來，「不過您放心，我們一定盡力幫忙！」

這傢伙，又來了！布布路的三個同伴全都露出一副無奈的

神情。

「我們自然是樂意效勞，但想必您也知道，救人於災難光靠一腔熱血是沒用的，而且……」餃子並沒有甚麼信心，他轉動着狐狸眼，把問題拋給了那位來歷不明的白衣青年，「剛剛百姓們能得救，可是全靠這位老兄。」

大祭司又小心翼翼地看向白衣青年：「勇者大人，您呢？您也會幫助我們的，對吧？」

「我叫林德，不是甚麼勇者大人，而是一位遊醫！因為喝醉而誤入貴國。」青年尷尬地笑道，「醫生的職責是救死扶傷，面對受傷的百姓，我當然不會袖手旁觀，只是在這樣遼闊的國土內尋找一張小小的禁制符，難度無異於大海撈針啊……」

帝奇和餃子對視了一眼，沒想到這傢伙倒是意外的誠實，看來之前是沒找到解釋的機會。

見青年主動澄清身份，大祭司看大家的眼神也更為信任，他慎重地壓低音量對大家說：「如果各位願意幫助紅魔鄉，我可以提供一些線索……」

布布路他們警覺地豎起耳朵，看來大祭司是打算告訴他們一些機密資訊。

「勇者曾告訴我，他會將紅魔的心臟封印在一個寸草不生、沒有活物的地方，」大祭司小聲告訴布布路他們，「在紅魔鄉，只有一個地方符合這些條件，而根據勇者離開的方向，我敢肯定，心臟封印在北邊邊境的石頭山！」

「偷走禁制符的人十有八九是受到蠱惑，想要復活紅魔，」

餃子托着下巴沉吟，「所以只要我們抓緊時間趕去石頭山，說不定就能逮他個人贓並獲，化解這場災禍。」

「那還等甚麼？我們趕緊出發吧！」布布路早就磨拳擦掌了，他迫不及待地問，「大祭司爺爺，石頭山在甚麼地方？」

「石頭山倒是不難找，不過現在千級台階已經被斬斷了，要想去石頭山，只能委屈你們走聖殿的地下排水管道了，只是⋯⋯」大祭司深吸一口氣，沉聲說，「只是這下水管道錯綜複雜，一不小心就會迷路，所以我決定親自為你們帶路，帶你們去石頭山！」

「不行！」艾爾莎立即跳起來反對，「爺爺您年紀這麼大了，怎麼能去下水管道那麼陰暗潮濕又髒又臭的地方呢？讓我替您去吧，我對下水管道的地形很熟悉的⋯⋯」

沒等艾爾莎自告奮勇地說完，布布路四人立刻異口同聲地喊起來：「我們不用你帶路！」剛剛在集市，她可沒少給他們添麻煩，真要打起來，可無暇照顧她。

被拒絕的艾爾莎備受打擊，胖胖的臉蛋一鼓一鼓，看起來馬上就要咧開嘴嚎啕大哭了。就在這時，一個蓬頭垢面、衣着襤褸的中年人悄然無聲地閃現在艾爾莎身後，聲音低沉地說：「我可以為你們帶路。」

「你是甚麼人？竟敢偷聽我們說話！」大祭司十分緊張。

「哎呀，你身上好臭啊！」艾爾莎厭惡得連傷心都忘了。

「原來是你呀！」布布路卻笑起來，因為他認出，這就是之前試圖跟自己說話的流浪漢大叔。

新世界冒險奇談
第八站 STEP.08

奇異空間
MONSTER MASTER 15

最快的捷徑

聽完布布路的介紹，大夥兒驚奇不已，這個衣着破爛的流浪漢大叔竟能在可怕的鼠群中自如穿梭，這人到底是甚麼來頭？

「如各位所見，我長年在紅魔鄉各處流浪，對各條通道路線均很熟悉。」流浪漢向大祭司行了個禮，自我介紹道，「我的目的也很簡單，只是想幫助受苦的百姓，為消災解難盡自己的一份綿薄之力。請您不用擔心！」

　　這位渾身髒兮兮的流浪漢說起話來彬彬有禮，氣度不凡，讓人大感意外。

　　大家互相看看，心想這流浪漢看來態度誠懇，在這樣的大災難面前，帶個路顯然也撈不到甚麼好處，更重要的是，比起隨時會昏倒的大祭司和只會幫倒忙的艾爾莎，這位身手不凡的流浪漢大叔明顯是更適合的嚮導人選。

　　「就這麼決定了！我們趕快出發吧！」賽琳娜擺出大姐頭的架勢，宣佈流浪漢大叔贏得嚮導的職務。

　　和大祭司匆匆道別後，布布路四人和林德就跟着流浪漢大叔進入了聖殿的下水管道⋯⋯

　　下水管道裏污水橫流，臭氣熏天，四不像嫌棄地聳着鼻子，躲到棺材裏睡覺去了。四個預備生和林德跟着流浪漢大叔東轉右拐，一路苦不堪言。

　　但一想到之前林德治療百姓花了不少時間，偷走禁制符的人很可能快到石頭山了，形勢刻不容緩，大家便加快了腳程。

　　不知過了多久，大家前方出現了白色的光亮，他們終於來到了下水管道的盡頭。

　　一踏出排污口，大夥兒立刻貪婪地大口呼吸起久違的清新空氣，可還沒吸幾口，大家的注意力就被耳畔巨大的轟鳴聲吸引了——

　　「轟隆隆，轟隆隆⋯⋯」

　　排污口的正前方，赫然是一座如雄鷹俯衝般直瀉而下的磅礴瀑布，瀑布的落差足有幾十米，巨大的水流聲如千萬頭雄獅

在怒吼。

「天哪，我的恐高症犯了……」一路被臭氣熏得暈頭轉向的餃子腿軟地癱坐在地。

布布路四下張望，排污口的其他三個方向，皆是如牆壁般聳立入雲的峭壁，峭壁上生滿光滑的苔蘚，根本無法翻越。

「這是甚麼鬼地方？」大姐頭目瞪口呆地問。

「你是不是帶錯路了？」帝奇的目光像刀子一樣射向流浪漢，「還是說，你是故意把我們帶到這個地方來的？」

「放心，這條路我已經走過上百次了，絕對不會弄錯！」面對帝奇的逼問，流浪

漢大叔毫不畏懼，胸有成竹地說，「必須抄捷徑才來得及阻止紅魔蘇醒，你們只有跟着我，才能用最快的速度趕到石頭山！」

「跟着你，你打算帶我們往哪裏走？」林德打量着眼前這個四面絕境的地方，懷疑地問。

流浪漢的嘴角勾起一抹淡然的微笑，扭頭看向布布路，眼中又浮現出那種灼灼的光芒，語氣堅定地輕吐出三個字：「相信我！」

「嗯？」布布路不禁有些糊塗了，因為流浪漢大叔蓬亂的毛髮下那雙眼睛讓他覺得有些熟悉，好像在很久之前看見過，「大叔，我們以前是不是見⋯⋯」

沒等布布路問完，流浪漢大叔轉過身衝向深淵懸崖般的瀑布，縱身一躍而下⋯⋯

另類通路

「大叔，等等！」布布路大喊着跟着飛身躍下。

餃子心頭一震，驟然記起當初參加摩爾本十字基地的招生考試，第一關就是跳入可疑的峽谷，當初布布路拖着初識的餃子毫不遲疑地跳下峽谷。現在僅憑一個流浪漢的幾句話，布布路依舊不改作風地飛身跳下，甚至還在半空中轉體朝大家招了招手……

餃子無語地撫額，雖然他從理智上很不認同布布路這種莽撞的行為，但行動上仍緊跟其後地上前一步。

唉，誰叫他們是多次出生入死的同伴呢！

一隻蛤蟆一張嘴，兩隻眼睛四條腿，撲通撲通跳下

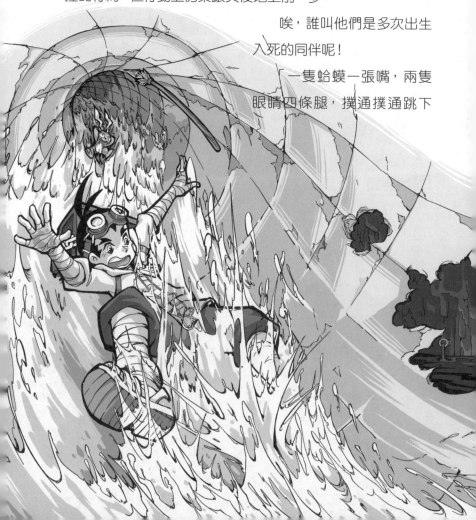

水……」餃子緊張地低吟着不知所謂的童謠，自認倒楣地一躍而下。

「跳就跳唄，唱甚麼歌！吵死人了！」賽琳娜嫌棄地掏了掏耳朵，腰一扭，也優雅地跳了下去。

與此同時，還有一道暗紅色的身影在急速下墜，風中傳來帝奇淡然的聲音：「底下見！」

排污口只剩下林德了，他目光深沉地盯着嘩嘩作響的瀑布看了一會兒，突然露出了一個古怪的微笑，隨即也跳了下去。

一路下墜……數十秒後，大家的那種墜落感竟然慢慢消失了，取而代之的是一種急速向前的高速慣性。

變化來得太快，布布路剛剛準備調整姿勢，背上的金盾棺材的重力往他身上壓了下來。

只聽見「撲通撲通」連續幾聲，一行人都和布布路一樣，在高速的慣性影響下如同在水裏打水漂的石頭一樣，翻滾着落入了水面。

只有帝奇化作一道暗紅色的影子，他輕盈的身體以超高的速度在水面上奔跑。他的動作快到看不清步伐，隨着飛濺的水花，他靈巧地一躍，穩穩地站在一塊露出水面的大石頭上。

然後他用他那種獨有的、帶着一絲傲慢和嘲諷的目光看着變成落湯雞的夥伴們。

「咕嚕嚕……咕嚕嚕……」布布路自動遮罩了帝奇投來的鄙視的目光，吐着水泡泡從水中鑽出來，他舉目四望，哪裏還有懸崖，哪裏還有瀑布？他分明置身於一條看不到源頭的河流

中啊!

「怎麼會這樣?」賽琳娜不可思議地驚叫起來,「明明是從瀑布上跳下來的,我們怎麼會跌到河裏了?」

「也許我們沒有跌進河裏,而是跌進了瀑布裏!」餃子在急流中游着狗刨式,艱難地發表意見。

「我剛剛往下衝的時候,有種奇怪的感覺!瀑布傾瀉而下的水流速度似乎愈來愈慢,隨後重力就整個改變了,雖然難以置信,但我猜⋯⋯」帝奇加重了語氣,若有所思地說,「瀑布很可能逆轉了九十度,從垂直變為了水平延伸的河流⋯⋯」

瀑布變成了河流?這可能嗎?

就在布布路腦子一片空白的時候,林德突然輕輕一抬手,指向前方:「你們看,我們貌似已經到了河流的盡頭!」

不知不覺間,河流愈變愈窄,河水流入地面變成地下暗河,眨眼間大夥兒已經接近岸邊。

正前方不遠處靜靜轟立着一座高聳的山峰，這山峰全部由巨大的青灰色岩石堆疊而成，遍山沒有一絲綠色，也沒有昆蟲和鳥獸的鳴聲，出奇的安靜，散發着一股死氣沉沉的壓抑氣氛。

這裏難道就是大祭司口中的石頭山嗎？

原來是原君

林德掏出大祭司塞給他的簡易地圖，賽琳娜探頭過去細看。從大祭司描繪的地理環境來看，這裏的確是石頭山，只是即便走下水管道近路也需要好幾個小時，可他們在跳了個崖後，差不多幾分鐘就到了……

這情況太古怪了！那條瀑布一定有甚麼玄機！

「這個世界是無休止的輪迴，我再也回不去了……」

一串熟悉的話在大家耳畔響起，大家循聲望去，流浪漢大叔正坐在一塊礁石上，喃喃自語。

「這個世界是無休止的輪迴……」布布路重複了半句，突

然眼神一亮，三步並作兩步地衝到流浪漢面前，一把拉住他，激動地說：「你就是原君，對吧？！」

餃子三人一臉驚愕，同時赫然記起，在打開那本「吃人魔書」之前，他們曾經在舊圖書館的木門上看到過這句話，那的確是原君的筆跡，並且那筆跡離奇得像經歷過漫長的歲月⋯⋯

布布路他們呼啦一下將流浪漢團團圍住，賽琳娜掀開他鳥窩般的頭髮和亂蓬蓬的大鬍子，拿出一塊手帕蘸了點河水，往流浪漢的臉上狠擦。

流浪漢的五官漸漸顯露了出來：寬寬的額頭，筆直的鼻樑，有些下陷的灰綠色眼睛⋯⋯

對，那熟悉的充滿疑問和智慧的深邃眼神⋯⋯雖然他看起來蒼老了很多，但布布路敢肯定，流浪漢就是原君。

可為甚麼他會變得這麼老呢？

見大夥兒大惑不解地盯着自己，對方率先開口了：「沒錯，我就是原君，自從我翻開十字基地舊圖書館閱覽室裏的那本古書後，我進入紅魔鄉差不多十年了！但你們還是十年前的模樣，這太不對勁了，所以我沒敢馬上相認⋯⋯」

「十年？怎麼可能？我們今天早上才從須磨導師口中聽到，你無故曠課十天，有可能會被退學！」布布路滿頭問號，大聲地說。

「十天？」原君也露出了難以置信的表情，就像獲得了甚麼不得了的資訊，不過他很快恢復了鎮定，並拿出自己的小本子

將這個時間點記錄下來。

「如此推測，紅魔鄉的時間流逝很可能和我們世界的時間流逝速度大不相同！」原君思索了片刻，將自己的事情告訴大家——

「這些年，我一直都在探尋離開紅魔鄉的路，奇怪的是，這裏幾乎所有居民都不曾離開過紅魔鄉，甚至連念頭都不曾動過！我找不到同伴，還被人們當成瘋子，只能自己不斷地嘗試。我繞着這塊土地的邊界走了無數遍，發現紅魔鄉被險峻的石頭山和風火林包圍。石頭山陡峭通天，難以攀爬，風火林是完全未曾被開發的原始森林，裏面有種無形並且讓人無法抗拒的力量會不斷阻止你前進。人走進去後，就如同進入了迷宮般，會慢慢地失去意識，等你再次清醒過來的時候，又將重新回到森林的入口！

「後來我發現了下水管道可作為通路，便立刻行動起來，但當我走到下水管道的最東邊，出人意料的事情發生了，我竟然回到了最南邊的出發點！我不死心地又走了幾次下水管道，發現其他方向也是錯亂的，這地方就像是被隨意折疊交錯起來的空間。剛剛的瀑布也是這樣，我曾經繫着安全繩跳下瀑布，沒想到跳下後竟然身處河流中，再漂流了一會兒就到了石頭山，而如果從正道上走這段路程至少需要花數小時才能到達。」

說着，原君深吸了口氣，小心翼翼地得出結論：「所以我推測，紅魔鄉應該是一個時間與空間扭曲交錯的特殊區域！」

【藍星、地球，差距有多大】

Q04 以下哪個地點是藍星和地球都有的？

A. 黑暗聖井
B. 極樂園
C. 下水管道
D. 迷霧島

答案在本頁底部，答對得5分，你答對了嗎？

■即時話題■

賽琳娜： 說起來這是我們第幾次走「祕密通道」了？在奧古斯，我們走了垃圾通道；在塔拉斯，我們走了餃子挖的暗道；在雷頓家族的府邸，我們走了通風管道；這一回，我們又要走下水管道……我就想說，為甚麼每次我們都要被搞得灰頭土臉？難道就沒有正常一點的祕密通道嗎？

餃子： 大姐頭，有道是，咱怪物大師預備生，不走尋常路！

布布路： 咦，我怎麼覺得這句話好熟悉的嘞？

帝奇： 因為這是黑鷺導師在預備生階段的口頭禪。

布布路： 對對對，我想起來了，是科娜洛導師爆的料，她還說，白鷺導師總是靜靜地看着黑鷺導師怎麼在不走尋常路的過程中「犯傻」！

賽琳娜： 我現在覺得自己很理解白鷺導師的心情。

完成這個測試後，你可以判定自己作為讀者對布布路他們所在的藍星的瞭解程度。

測試答案就在第十五部的211頁，不要錯過哦！

新世界冒險奇談

第九站 STEP.09

石頭山的陷阱
MONSTER MASTER 15

出不去的空間

　　布布路幾人終於與原君重逢，只是他卻面貌大變，蒼老了十來歲，根據原君的推斷，紅魔鄉很可能是一個時間與空間扭曲交錯的特殊區域。

　　大家一回想，這個推斷的確讓紅魔鄉的種種古怪之處都合理起來。

　　「我明白了，我們都是通過那本古書到達紅魔鄉的，那本古書很可能是一個通道，可以通往這個特殊的空間。」賽琳娜

思索着說。

「其實藍星上有許多未知的地方，現在我們使用的地圖是一百多年前根據實地測量編繪完成的，但據說因為種種未知的因素其完整度只有百分之九十，剩下的百分之十是未知部分，也是怪物大師管理協會一直以來都想探訪清楚的神祕未知領域，紅魔鄉極有可能就位於這百分之十的未知領域中！」原君合上小本子，抬頭看向大家，眼中閃過智慧的光芒。

原君思維縝密，說起話來井井有條，雖然他的表情不是很豐富，語氣卻能表達出心聲。餃子三人內心備感詫異，原來他並非基地裏傳言的那般不求上進，而是個真正的學術派！

「哇，那我們豈不是到了一個很了不得的地方！」布布路興奮地又蹦又跳，突然一把抱住原君，不顧他的靦腆掙扎，高聲宣告，「等解決完紅魔，我們一起回去，到時我一定要告訴導師們，你並沒有無故曠課，而是了不起地獨自探索了一大片未知領域！」

布布路的話讓原君木訥的臉上浮現出細微的紅暈，布布路從未戴着有色眼鏡來看自己，讓他十分感動。只是看着布布路開心的臉，他的眼神卻突然暗淡下來，遺憾地歎了口氣：「對不起，我要讓你失望了，布布路。我找了十多年出路卻依舊毫無所獲，恐怕我們都回不去了！」

「如果原君都找不到路，那我們就更不可能找到了……」賽琳娜面如土色，沮喪地喃喃自語道。

一貫積極樂觀的大姐頭突然變得消極起來，布布路十分不

解:「大姐頭,你為甚麼要這麼說?我知道原君一個人找路很辛苦,但現在有我們在,大家一起找一定能找到的!」

「布布路,你可知道原君的怪物是甚麼嗎?」餃子瞬間明白了賽琳娜的心思,他試圖向布布路說明,「如果連丁丁都……」

「各位,先暫停敍舊吧。」自從知道布布路他們和原君是舊識,林德就先去前面探了探路,此時他回來了,立刻催促道,「這山不好爬,我們趕緊出發吧。畢竟大祭司說過,要是紅魔復活,紅魔鄉將徹底覆滅,沒人能活下來!我們可是所有人的希望啊!」

一想到自己身上所背負的重任,布布路他們再不敢怠慢,全都快步跟上林德。

危機四伏的山路

如林德所說,山路異常崎嶇,一會兒是貼着山壁的羊腸小道,一會兒是奇形怪狀的亂石堆堵路。一隻鳥獸都沒有,唯一的聲響來自山間那一股股寒冷徹骨的山泉。山路被澆濕的地方走起來更為堅硬濕滑,山頂還不時有碎石掉落,大夥兒必須高度集中注意力,萬分謹慎地前進,免得一不小心掉入萬丈深淵。

「布魯布魯!」四不像舒服地坐在布布路背着的棺材上,邊吃蛋糕邊對着光禿禿的山怪叫,一副幸災樂禍的樣子。

可憐的布布路負重前進,難度也是別人的好幾倍。

汗流浹背間，突然，大家的頭頂傳來一聲淒厲的慘叫。

　　「哇啊——」

　　落石如雨點般從天而降，在一陣「唏里嘩啦」的碰撞聲中，幾個穿灰袍的人從山的高處像皮球一樣一路翻滾下來。

　　餃子和布布路迅速衝入落石陣中，布布路揮着棺材擋開碎石，餃子閃身穿行，並對藤條妖妖發號施令：「藤鞭！」

　　唰！說時遲那時快，藤條妖妖將藤鞭甩出，一個人、兩個人、三個人，藤條精確地纏住墜落的灰袍人，像葫蘆串一樣將幾人穩穩接住。

　　「你們是甚麼人？來石頭山的目的是甚麼？」餃子警惕地問。

其他人也趕過來，看向他們，只見其中兩人臉色慘白，儼然已經昏死過去，剩下一人滿頭冷汗，口中虛弱地唸叨着：「太……太可怕了……這座山……太可

怕……」

　　說完這些，他頭一歪，也失去了意識。

　　林德慎重地查看對方的狀況，沉聲分析道：「他們身體有幾處刮擦和骨折，但呼吸和心跳還算平穩，身上沒有留下任何打鬥痕跡，應該是從更高的山路上墜落下來的。」

　　「他們看起來像普通百姓，應該不會跟失竊的禁制符有關吧？」賽琳娜低聲問。

　　「這可不好說。」帝奇指着他們身上的灰袍，「他們的着裝統一，恐怕是有組織的，說不定上面還有他們的同伴。」

　　「不管怎麼說，大家務必小心，千萬別像他們一樣！」林德一邊嫻熟地為昏迷的灰袍人包紮傷口，一邊向大家交代道。

　　大家找了個安全的洞穴，將幾人安置其中後，便繼續趕路。

　　不知為何，走了很長一段路以後，他們與山頂的距離卻絲毫沒有縮短。

　　「我們迷路了，」原君盯着山路內側的一片岩壁說，岩壁上

並排刻着三個五角星圖案,「自從進入石頭山以來,我一直在山路沿途做記號,很顯然,這已經是我們第三次經過這段山路了!」

「迷路?第三次?」賽琳娜氣喘吁吁地說,「難怪我總覺得四周很熟悉。可是,有丁丁在,怎麼可能迷路呢?」

「又是丁丁?丁丁到底是誰啊?」布布路插嘴。

「丁丁是我的怪物,具有導航尋路功能,能選擇正確的方向,但這座山詭異極了,導航功能在這裏失效了。」原君簡短地說明。

「難道這山路除了本身的險峻之外還另有玄機?」餃子頭疼地摸下巴。

「我們最好先找找有甚麼線索,看能否制定出對策,再趕路。」林德建議。

水與光的圈套

天色愈來愈暗，大家朝着山頂前進，明明距離已經漸漸縮短，誰知道這時竟然迷路了。

無奈之下，大家只好停下腳步。巴巴里金獅載着帝奇飛身躍到高高的岩石上，餃子和賽琳娜也各自查探着，布布路則乾脆趴到了地上。

原君來到一面光滑的岩壁前，伸手撫摸起來，一摸之下，發現岩壁竟然圓潤光滑毫無棱角。原來，從岩石縫中盈盈湧出的水流常年沖刷着石壁，讓石壁變得像鏡面一樣光滑。

「原君，你是渴了，還是累了呀？」布布路不解地湊上前去，眼角卻被一道銀光晃到，「咦，哪兒來的反光？」

原君並不理會布布路，只是專注地盯着石壁上的泉眼，突然，他目光一閃，伸出手將向外冒水的泉眼堵住了，然後他就像着了魔一般，手鬆開，堵住，鬆開，又堵住……不停地反復做着同樣的動作。

「原君，你是不是有甚麼發現了？」漸漸瞭解原君的賽琳娜猜測，他所做的事應該都是有某種意義的。

「你們看，山路上有很多滲出水流的光滑石壁，表面上看，這些石壁似乎沒甚麼異常，但如果仔細觀察就會發現，這些石壁的位置和石壁上的泉眼都是精心排佈過的！」原君邊比畫邊說出自己的發現，「山路四周，在特定的幾處位置都有着這樣的冒着山泉、如同鏡面般的石壁，水流能讓石壁更加光滑，更好地折射光線！若干石壁精準配合，將陽光折射到人們眼中，經過多次折射後，光波就會對視覺造成潛移默化的影響，最終使視線發生偏轉。我認為這很可能是當年勇者大人封印了紅魔的身體後，為防止有人誤闖而設下的視覺陷阱！」

「原來如此，難怪這些人會失足墜山，希望這勇者的陷阱也能拖住其他想要復活紅魔之人的腳步……」餃子邊說邊拉下半截面具，露出額頭上的第三只眼睛。

在天目的視線中，所有光影幻象無所遁形，那隱祕的排佈規律漸漸展現出來，很快他就辨別出一條狹窄向上的小路。

「我看到了，那裏有路！」餃子所指的地方是一片看似平滑

的山壁。

林德瞇起眼，懷疑地詢問道：「你真的能看到正確的道路？」

「餃子是天目族的後裔，他真的能看到！」不等餃子說話，布布路就自豪地搶先答道。

「那就麻煩你在前面帶路吧！」林德淡然地說。

「沒問題，媽呀——」餃子被視線裏原君近在咫尺的臉嚇了一大跳。

原君忘乎所以地盯着餃子額頭上的第三隻眼睛，目光中閃過一道異樣的光彩，興致勃勃地說：「天目族的後裔……這倒是非常值得研究的物件！」

這種被當成研究物件觀察的感覺可不好，餃子慌忙倒退一步，結結巴巴地說：「我，我們還是趕緊出發吧！」

「啊，好！」布布路鬥志昂揚地應和道。

大夥兒跟在餃子後頭，邁入山壁間狹窄的小徑。出於對天目的興趣，原君始終跟在餃子左右，甩也甩不開。

隊伍最後的帝奇若有所思地瞟了一眼林德，相比於原君的反應，得知餃子是天目族後裔時的林德顯得太過平靜了，反而很不自然……這小小的細節讓有着賞金王家族敏銳直覺的帝奇再次對林德心生疑惑。

召喚奇跡的使命之書
MONSTER MASTER 15

新世界冒險奇談
第十站 STEP.10

實力超群的攔截者
MONSTER MASTER 15

解放派宣言

在餃子第三隻眼睛的指引下，幾人順利前進。片刻後，布布路他們在半山腰發現了一些可疑的身影。

來人有十幾個，跟剛剛掉落的人穿著相同的灰袍，因為他們的長袍和山體的顏色十分相近，所以不仔細看很難分辨出來。布布路注意到其中有個身影格外眼熟。

「噢噢噢，她就是之前我在千級台階遇到的孩子！」布布路猛地一拍腦袋，指向其中一個矮個子灰袍人。

那是個身形瘦小單薄的女孩，上半張臉被鐵面具遮住，兜頭的帽簷下翻捲出幾縷金色的髮絲，一雙眼睛空洞無神地直視着前方。

之前對於布布路所遇到過的孩子是否偷走了禁制符，眾人只是持懷疑態度，畢竟這麼重要的事一般情況下不會交給小孩子來做，但此刻在石頭山重逢，便幾乎可以確定對方就是小偷了。

「看來我們追上小偷了。」賽琳娜嘴角浮起一絲微笑，抬高聲音，厲聲喝道，「快把禁制符交出來！」

小女孩對賽琳娜的喊話置若罔聞，仿佛人偶娃娃般一動不動。

「哼，禁制符不會交給你們的，你們放棄吧！」一個瘦高個兒挺着胸膛站了出來，瞧他傲慢的態度，想必是這群灰袍人的首領。

「禁制符果然在他們手裏，不給我們就搶回來！」餃子看向夥伴們。

「復活紅魔可是會毀掉紅魔鄉的，大家都會因此死去啊！你們也都有親人和朋友吧？怎麼能幹這種事呢？」布布路不死心地向對方喊話，似乎仍然不敢相信有人會做這種損人不利己的事。

「不要跟這群瘋子廢話，快動手吧！」帝奇冷冷一笑，眼中充滿了戰意。

「瘋子？你們都錯了！」瘦高個兒瞪着佈滿血絲的眼睛，義

正詞嚴地說，「我們這麼做恰恰是要拯救紅魔鄉！」

瘦高個兒此話一出，夥伴們面面相覷，全都露出了不可思議的表情。

「這位先生看起來耳清目明，不像神志不清的樣子，可為何說起話來如此叫人揣摩不透呢？」林德朗聲說，「能否請你直言相告呢？」

「你們這些無知的外鄉人啊！難道沒有發現紅魔鄉是個有進無出的詭異之地嗎？」瘦高個兒用發紅的眼睛逐一掃過布布路他們，沉聲道，「紅魔鄉的百姓們安於現狀，不明不白地活着，從來沒有想過要走出這個地方。但我們跟尋常百姓不同，我們在國境周圍遊歷，發現這個世界就是個騙局，不管如何費盡心思，也永遠無法走出紅魔鄉！這裏就如同一個被全面封閉起來的盒子，不管朝哪個方向走永遠都在盒子裏。所以我們成立了名為『解放派』的組織，聚集志同道合的同伴，找尋出去的方法……歷經數年，我們發現唯一有可能得到自由的辦法就是釋放紅魔，只有利用紅魔的力量才能幫我們打破這個『盒子』的束縛，讓

大家統統走出去，過上真正自由幸福的生活！」

　　原來這些灰袍人是一個名為「解放派」的組織，他們跟原君一樣，已經發現紅魔鄉是個出不去的空間。

　　布布路他們驚訝極了，沒想到這次他們的對手會是些尋常百姓，然而看他們的眼神，顯然早已迷失自我，善惡不分……

　　布布路心中暗暗想起阿不思的話：過激和偏執的想法往往容易將人變成比惡魔更可怕的魔……

　　賽琳娜神色凝重地勸說：「的確，紅魔鄉就如同一個被全面封閉起來的盒子，但你們選擇打開盒子的方法真的是正確的嗎？你們誰能保證在釋放惡魔後，惡魔摧毀盒子時會放過被裝在盒子裏的人？」

　　「哼！搏一搏總比一輩子都待在這個盒子裏面強！至少現在魔盒在我們手中，我們可以和紅魔談條件！」瘦高個兒高舉右手，他袖管裏

隱隱有紫紅色的光芒在流動，「總之，我們沒空和你們這些外鄉人糾纏下去。識相的話，就離開這裏，等待我們的好消息！」

說完，瘦高個兒就要帶着那群灰袍人上山。

「站住！」原君發出中氣十足的吼聲，「你們根本就不知道事態的嚴重性，紅魔的身體因為失去魔盒內禁制符的壓制，已經在紅魔鄉四處肆虐，若它的身體和心臟結合，紅魔將擁有完整的力量，僅憑你們手中的一張禁制符，你們如何掌控得了？你們的計劃根本只是有勇無謀的孤注一擲！這太不可取了！」

原君的話十分在理，布布路他們紛紛點頭贊同，但這些解放派成員卻完全聽不進去。

「敬酒不吃吃罰酒！」瘦高個兒重重地在那小女孩肩頭拍下一掌，厲聲道，「你留下來對付這些礙事的傢伙，記住，無論如何都不能讓他們再前進半步！」

小女孩機械地點了點頭，解放派便留下她一個人在原地與布布路他們對峙。

戰鬥！難以置信的強敵

解放派頭也不回地繼續登山，留下了一個瘦弱的小女孩獨自對抗幾人。

布布路哪裏願意放過這些留下小女孩戰鬥、自私又膽小的解放派，他如疾風一般跑向側面，想繞過小女孩追擊那些逃跑的解放派成員。

　　但幾乎在同一時間，小女孩也朝布布路前進的方向輕輕地挪動了一步。小女孩跨出的這一步看似輕盈，卻蘊含了某種難以言喻的力量，那似乎是一種強大力量釋放的前兆。

　　布布路野獸般的本能讓他停住了腳步，一種危險來襲的感覺油然而生。

　　他看向眼前比自己矮了一大截的小女孩，瘦弱的身軀如同紙片一般弱不禁風，但不知為何，她只是站在那兒，就讓布布路感覺到前方突然豎起了一道銅牆鐵壁。

　　那種凌駕於他之上的絕對力量讓布布路渾身的汗毛都倒立了起來。

　　過了好幾秒，布布路才從那種讓人差點兒窒息的壓迫感中清醒過來。他一臉茫然，錯愕地回頭看向夥伴——

　　帝奇、餃子和賽琳娜三人劇烈地喘着粗氣，額頭上滲出密密麻麻的汗珠，顯然除了布布路，他們剛剛也同樣感受到了對手的可怕氣勢。

　　這種令人戰慄的感覺熟悉極了，大家大吃一驚的同時，腦海中不由得浮現出相同的記憶：在面對阿爾伯特時，大家也曾有過這種感受，對方明明一招沒發，但周圍的空氣卻仿佛凝結成了千萬把利刃，齊齊對準了自己，仿佛只要對方動一根手指，自己隨時就有可能性命不保……

　　這女孩是誰？難道她擁有足以與阿爾伯特匹敵的十影王一般的力量嗎？

　　林德壓低聲音，謹慎地提醒大家：「這個小女孩，實力深

不可測，大家一定要小心！」

餃子和帝奇暗暗點頭，戒備地觀察着小女孩，試圖尋找適合的出手時機。

而布布路露出了躍躍欲試的表情，這股強大的力量讓他感到熱血沸騰。

「就讓我來當先鋒吧！」他大吼一聲，氣勢洶洶地朝小女孩飛衝過去。

就在布布路距離女孩近在咫尺的時候，小女孩竟然如殘影般移到了布布路身後，她不急不慢地一腳踹到布布路屁股上，空洞的眼睛甚至都沒有多看他一眼。

「咻」的一聲，布布路被踹回同伴們腳邊，頭朝下腳朝上地貼到了石壁上，腦門兒上鼓出一個粉亮的大包。

等他爬起來時，小女孩早已無聲無息地回到原位繼續守住山路。

一切發生得太快，所有人根本沒看清發生了甚麼事。

「哇噢！你真厲害！」摔了個跟頭的布布路一個鯉魚打挺，

從地上翻身而起，由衷地稱讚對手。

「不過，我不會輸的！」他又給自己鼓勁道。

旁觀的餃子三人心中明白，跟這樣強大的對手作戰必須保持高昂的鬥志，否則恐懼一旦在內心滋生開來，便再也沒有希望戰勝眼前的對手。

在大家的屏息以待中，布布路卯足了勁，跨出強有力的步伐再次衝上前去。

小女孩如閃電般移動着，不管布布路朝向哪個方向，她都將布布路的攻擊路線完全封死。她擊出帶着勁風的一掌，布布路完全敗下陣來，再次被掀翻在地。

所有人都怔住了。經歷了大大小小無數的實戰後，布布路的實力絕對不容小覷，但他竟然被這個小女孩連續兩次擊倒。更令人吃驚的是，女孩並沒有借助繁複的技巧，而是憑藉布布路同樣引以為豪的速度和力量，以正面角力的方式將布布路擊倒。

可怕的無我之境

「這小女孩絕對不正常，以她的年紀絕不可能擁有如此壓倒性的力量……」帝奇扶起布布路。

餃子眼珠滴溜溜地轉着，低聲道：「這小女孩太厲害了，單打獨鬥我們恐怕不是她的對手！不過你們沒發現嗎？她的攻擊方式出奇的簡單，而且招式並不致命，也許我們可以利用人數上的優勢，先分散她的注意力，消耗她的力氣，再找機會突破！」

其他人心領神會，紛紛掏出怪物卡，用心靈感應的方式向怪物下達作戰指令。

「吼——」巴巴里金獅腳步隆隆地站定在小女孩正前方，揮動利爪拍出數招獅王金剛掌。

「唧唧！」藤條妖妖伸出四根長長的帶刺藤鞭，遠距離襲向女孩左側。

「咻，咻，咻——」水精靈釋放出幾道有如水龍捲般的強力水柱，攻向小女孩的右側。

「布魯！」四不像趾高氣揚地站在棺材上，用爪子拉扯着布布路的頭髮，「嘰里呱啦」地怪叫不停，顯然是在示意讓布布路也再次加入戰鬥。

看到林德用意味深長的目光看着自己，布布路欲哭無淚，為甚麼別人的怪物都那麼聽話，他的怪物卻反過來當起自己的主人了？

另一邊，沒有加入戰鬥的原君面露驚愕地拿着小本子做記錄，可能是從觀察者的角度來看，他發現了甚麼。

面對數輪幾乎沒有時間差的交錯攻擊，小女孩在極小的範圍內閃避着攻擊。她看似靈活地穿梭於獅王金剛掌的氣刃、密集突刺的藤鞭和衝擊力強大的水柱之間，然而空氣中偶爾飛舞出的一顆顆血珠卻讓原君發現——她受傷了！

小女孩雖然無比迅捷，但也無法閃避如此密集的攻擊，縱然真的是阿爾伯特也不可能做到毫髮無損。奇怪的是，她雖然受傷了，卻始終沒有主動攻擊大家，只是選擇死死地守住陣地，甚至從她的氣息中也感覺不到一絲殺氣。

「等等，先停下攻擊！」原君喊道。

餃子三人也察覺到了不對勁，命令怪物們停止了攻擊。

幾人收招的同時，小女孩也如同耗盡能量的機器人般停止了所有動作。

在幾人的圍攻下，她身上被剮蹭出一道道傷口，但令人疑惑的是，她仍然面無表情、眼神空洞，眉頭都沒皺一下，彷彿那些正滴血的傷和自己一點關係都沒有。

「據我觀察，她的行動完全遵守剛剛那個解放派大叔的命令，只是阻止我們繼續前進而已，所以即使我們圍攻她，只要沒有繼續前進的意圖，她就不會攻擊我們。但她這種如此忠實於某個特定命令的行為已經違背了人類的本能，絕不正常！」餃子分析的同時又有點慶幸地感歎道，「幸好解放派只讓她阻止我們上山頂，而不是讓她攻擊我們。」

「她難道感覺不到疼嗎？」布布路困惑不已。

「何止感覺不到疼，她簡直就像毫無感情的傀儡，只會一心一意地執行命令。」面對這麼小的孩子，賽琳娜忍不住有些心疼。

「嗯……」帝奇眉頭緊蹙，想到了甚麼似的，口氣深沉地說，「她的強大，以及非常理的狀態，也許是因為進入了『無我』

之境。」

「無我」？布布路照例露出無知的眼神。

餃子卻是眼神一亮，激動地說道：「『無我』是一種古武術的高階神祕境界，古武術原本講究攻防的平衡，是一種與自然高度和諧的技巧。我在和阿不思切磋時曾經聽他提起，古武術中有一小部分武者，追尋着『攻』的極致境界，這些人徹底放棄防守，以攻代守。他們通過常年的極端訓練，讓自己克服恐懼死亡的本能，關閉自身情感和感受外界危機的『開關』，在『無我』狀態之下，他們就像一台冷靜精準而高效的戰爭機器，所有的攻擊都源於單純原始的戰鬥本能。擺脫了求生本能的束縛後，『無我』能最大限度地提升人類的戰鬥力，使人成為心中沒有絲毫恐懼和猶豫的戰爭機器！」

「不過……」餃子頗感遺憾地繼續說，「這就如同將自己化身成一把極其鋒利的利刃，任何物質都能切開，但由於追求極致的鋒利，所以刃身變得異常纖薄脆弱，只要稍有差池，施術者自身就會遭遇難以預料的後果……這原本只是關於古武術的神祕傳說而已，我從來沒想過會遇到領悟『無我』境界的人，更沒有想到居然是一個小女孩！」

這是成為怪物大師的必經之路!!!

尊敬的讀者：現在你跟隨布布路一起踏上了成為怪物大師的道路！向所有的困難發起挑戰吧！

MONSTER MASTER

【藍星、地球，差距有多大】

以下哪個家族不在藍星上？

A. 蒙哥馬利家族
B. 桑瑪利達家族
C. 雷頓家族
D. 威爾榭家族

答案在本頁底部，答對得 5 分，你答對了嗎？

■即時話題■

賽琳娜：這些解放派真是無恥，居然留下一個小女孩，自己開溜。

餃子：問題是，這小女孩還不好對付。

布布路：喂喂喂，解放派，你們別走，你們回來……

布布路：唉，我是想告訴他們，之前他們掉下山的同伴被我們救了，現在被安置在山腳下的山洞裏……

餃子：不會吧？布布路，你學壞了啊！竟然能想到用同伴威脅他們……嘖嘖，我怎麼沒想到？唉，功力下降了！

布布路：我沒有想要威脅他們啊！

帝奇：我看就算用了這一招，他們也會大義凜然地繼續趕路。

賽琳娜：這麼說我們回去的時候，還得帶上那些昏迷的傢伙？

林德：不用擔心，經過我的醫治，他們現在應該已經醒來，我留了字條，讓他們自行下山離開，好好回去休養，免得留下一輩子的後遺症。

完成這個測試後，你可以判定自己作為讀者對布布路他們所在的藍星的瞭解程度。

測試答案就在第十五部的 211 頁，不要錯過哦！

召喚奇跡的使命之書
MONSTER MASTER 15

新世界冒險奇談
第十一站 STEP.11

被利用的人類
MONSTER MASTER 15

創傷症候群

　　山風吹得女孩的灰袍獵獵作響，她一動不動地把守着山路，不讓布布路一行前進一步。

　　更讓人不可思議的是，女孩小小年紀卻出乎意料的強大，帝奇和餃子因此推測女孩進入了古武術中被稱為「無我」的境界。

　　「最關鍵的問題是，我們要如何戰勝這個小女孩呢？」賽琳娜焦頭爛額地問。

眾人面面相覷，看起來有些無奈。

　　他們不願像剛剛一樣圍攻消耗女孩，以多勝少。因為如果餃子的說法正確的話，這樣的攻擊可能會給小女孩造成無法逆轉的傷害。可如果不能突破女孩的防守，他們便不能阻止解放派的行動……眼看解放派那群人已經不見了蹤影，形勢更是刻不容緩。一時之間，大家都沒了主意。

　　就在大家躊躇不定，無法行動的時候，林德突然開口了：「也許我能解決這孩子的問題。」

　　說罷，林德緩緩向前邁出幾步，張開手掌，只見幾道白色光團在他指間聚集。緊接着，他手掌向前，五指一彈，指間的光團化為一束一束的流光，將小女孩籠罩在其中。

　　小女孩似乎心無旁騖，並不躲閃，起初也沒有任何反應，但是幾秒後，她原本空洞的眼神漸漸有了一絲神采，同時身上的幾處擦傷也都在迅速癒合。

當流光消失的時候，小女孩表情變得鮮活起來，她睜大眼睛一臉茫然地四處張望，之前散發出來的如同銅牆鐵壁一般的駭人氣勢完全消失了。

林德走近女孩，小心地捧起小女孩的臉，輕輕撫摸着她濃密的金髮，發現在金髮下隱藏着一道猙獰的疤痕，疤痕從她的一側耳際延伸到後腦勺，像趴着一條醜陋的蜈蚣。

讓人驚愕的是，林德手掌撫過之後，那道猙獰的傷疤竟然完全消失不見了。

小女孩眨巴眨巴眼睛，一言不發地盯着林德，純真的眼神中夾雜着好奇，再沒有空洞呆板的感覺。

大家相視一眼，小女孩的行為終於和年齡符合了，還是這樣比較可愛。

「你叫甚麼名字？」賽琳娜露出一張「知心大姐姐」的臉，笑眯眯地問小女孩。

「咿呀咿呀……」小女孩揚起髒兮兮的小臉，口中發出含

糊不清的音節。

餃子「帥氣」地一甩長辮子，擺出「鄰家大哥哥」的造型，和顏悅色地問：「小妹妹，你幾歲了？」

「咿呀咿呀！」小女孩扭過臉，天真地望着餃子。

「噢噢噢噢！這是怎麼回事？為甚麼你彈了彈手就把她給治好了？但她怎麼不會說話啊？」布布路驚愕地張大嘴巴，拉着林德刨根問柢。

「之前你們戰鬥的時候，我就發現她頭髮下隱藏的傷疤，所以我便猜測她之所以不害怕傷痛，甚至像人偶般失去了自我意識，並非進入了古武術的『無我』之境，而是因後腦受到重創而導致『創傷症候群』發作……」林德從醫生的角度回答了布布路的疑惑。

「『創傷症候群』？」帝奇顯然也聽過這個名稱，「這麼說，剛剛她所體現出來的強大戰鬥力也與此有關嗎？」

「不！」林德搖搖頭，繼續向大家解釋道，「『創傷症候群』通常會強化人的某部分潛能，但要達到女孩剛剛那種超凡的程度，可能性卻極低。我想這個小女孩身上一定還有很多我們不知道的祕密……另外，雖然我已經將她腦部的外傷治好了，但長期以來的『創傷症候群』導致她表現出記憶和智商下降、大部分語言能力喪失、感覺神經麻木等症狀，想要恢復正常，可能還需要很長的一段時間。」

「那我們把她一起帶上吧，免得又落入壞人手裏，被利用了還不知道。」賽琳娜邊說邊幫小女孩梳好凌亂的頭髮，又讓水

精靈釋放出輕柔的水流，幫她把臉洗乾淨。

「嗯嗯，」布布路義憤填膺地握着拳頭，「那些解放派真是太過分了，竟然對小孩子下這麼重的手，我們一定要替她討回公道！」

「咿呀！」女孩兒仿佛聽懂了似的，甜甜地笑起來，腮邊露出兩個小酒窩。

帝奇一把抱起小女孩，破天荒地讓她騎到巴巴里金獅的背上。小女孩高興地抓着金獅脖子上的鬃毛，「咿呀咿呀」地叫個不停。

「她怎麼老是『咿呀咿呀』的？」布布路邊走邊好奇地觀察小女孩，突發奇想地說，「既然我們不知道她的名字，不如我們就叫她『伊牙』吧？」

其他人欣然同意。別看布布路神經大條，倒挺會給女孩子取名的，以前取的「米多麗」也很好聽。

山頂的危機

一行人抓緊時間繼續爬山。林德的目光始終盯着伊牙，沒人注意到他的眼中閃過一絲難以察覺的複雜光芒。

越靠近山頂，空氣就變得越發渾濁，大量的紫紅色粉塵飄浮在頭頂的空氣中，源源不絕地向着山頂彙聚而去。

「這些粉塵都是紅魔破碎的身體，它們現在聚集在山頂，想必紅魔的心臟就在這附近了！」賽琳娜緊張地說。

「嗯，甚麼都看不清，眼睛好痛！」布布路揉着眼睛，吃力地觀察四周，但遮天蔽日的粉塵大大影響了他的視力，眼睛酸澀得眼淚橫流。

「還是讓我來找吧。」餃子摘下面具，凝神屏氣地動用額頭上第三隻眼的力量，天目極力穿透漫天粉塵，在山頂上觀察。很快，餃子就有了發現，指着山頂的某一角：「那裏，就是那裏釋放出的某種強大力量，在吸引着這些粉塵聚集……」

「那力量的源頭應該就是紅魔的心臟……」帝奇正準備上前，話音卻戛然而止，因為他的背脊突然一陣發涼，那是一種被人冷冷窺視的感覺，帝奇猛地抬頭厲喝，「甚麼人？」

「哇！」賽琳娜順着帝奇的視線向頭頂看去，不由得發出一聲驚呼。

在布布路一行正上方的天空中，紫紅色的粉塵濃得像黏稠的墨汁，它們翻江倒海般地蠕動、翻滾着，竟然無聲無息地幻化出一副巨大而猙獰的面孔！

在那張由粉塵彙集而成的古怪巨臉上，一對紫紅色的瞳仁正一眨不眨地凝視着布布路他們，那目光陰冷無比，令人渾身不寒而慄。

「那就是紅魔嗎？」布布路低聲問道。

「看來它的身體已經準備好了，只等跟心臟合而為一了。」帝奇端詳着。

「我們慢慢靠過去，大家密切留意周圍的一切動靜，別讓紅魔抓到機會。」林德面色凝重地提醒道。

大家都因為緊張而把呼吸聲壓得更輕了，生怕錯過一絲一毫的線索……

原君默不作聲地將紅魔的每個變化記錄在小本子上。

「咿呀咿呀！」「布魯布魯！」突然，伊牙和四不像同時叫喚起來，看起來好像發現了甚麼。

就在眾人的注意力被頭頂那張臉吸引的時候，瀰漫的濃重粉塵之中，悄無聲息地走出了一個個熟悉又詭異的人，將布布路他們嚴嚴實實地圍住了。

一看到那些熟悉的灰色袍子，布布路他們立刻覺得牙根癢癢，因為這些人正是利用伊牙偷走禁制符，想要讓紅魔蘇醒的解放派！

不過，此時這些解放派卻和之前有些不一樣了，布布路納悶地嘀咕道：「解放派們怎麼好像變大了？」

不，準確地說是變得魁梧強壯、充滿力量了，解放派們身上原本寬鬆的灰色袍子，現在都被撐得滿滿的，像一個個吹飽氣的氣球。尤其是領頭的瘦高個兒，他的身體如同小山般龐大誇張，肌肉變得像石頭一般堅硬，走路時骨骼發出瘆人的錯動聲。

他們一看到布布路他們，就瞪着玻璃珠般的眼睛，喉嚨中發出野獸般粗野的嗚咽聲，四肢並用地撲了過來。

隨着他們快速靠近，大家這才看清楚，這些人哪裏只是變魁梧，根本就跟之前那些老鼠一樣發生了異變——

解放派們個個面部扭曲，膨脹的灰袍下，大團大團紫紅色粉塵蠕動着……

利用還是被利用

　　地面在腳下微微震動，空氣中霎時間充滿了濃烈的殺氣。解放派們像一隻隻發狂的野獸般兇猛地衝了過來。

　　布布路急忙大步跨出，橫起金盾棺材擋在同伴們的前面。他雖然很討厭這些解放派，但這些人畢竟是平民百姓，布布路並不想真正傷害他們。

　　堅硬的金盾棺材頓時被撞得嗵嗵直響。布布路驚愕極了，要知道，金盾可是藍星上最堅硬的東西，解放派們居然毫不吝惜肉身撞上來，更令人訝異的是，解放派的力氣異常之大，就連一向靠怪力聞名摩爾本的布布路都被撞得有點支撐不住。

　　布布路連連後退，抓着棺材鐵鍊的手，虎口被震得生疼。

　　「情況不妙，解放派好像已經失去意識了！」林德倒吸一口涼氣。

解放派們的眼睛空洞而呆滯，瞳仁裏渾濁不堪，像佈滿了破碎的紫紅色玻璃碎片，根本無法準確地聚焦在一處。可他們卻能精準地辨識到布布路他們的位置，龐大的身軀以不可思議的速度移動着。

　　「他們一定是被粉塵入侵，受到了紅魔的控制。」賽琳娜如臨大敵地說，「這些人太天真了，還以為能利用紅魔的力量逃出這裏，沒想到自己反倒成了紅魔的傀儡！」

　　已經異變的解放派可不會給大夥兒討論的時間，他們蜂擁而上。

　　只見帝奇雙手快速地縮到斗篷中，再次伸出來的時候，十指間已經夾滿了寒光逼人的五星鏢，正準備伺機擲出。

　　「等等！」面對帝奇的反擊，賽琳娜立

刻阻止道，「他們都是異變的人類，我們制伏他們就好了，千萬不能真正傷害他們！」

「哼！」帝奇表面顯得有些不屑，但是手中的五星鏢卻如變魔術一樣不見了，取而代之的是飄散在紫紅色塵霾中若隱若現的白色蛛絲。

因為之前神聖障壁消耗了不少水精靈的體力，所以賽琳娜只讓水精靈噴射出基礎的水柱，用元素晶石配合攻擊 ——

「噼里啪啦！」泥石土塊攪和着水流從天而降，黏稠的泥水將解放派們變成一尊尊「泥塑」，極大地放緩了他們的行動速度……

帝奇趁機拉動蛛絲，將解放派們捆了個結實。這蛛絲雖然纖細，但韌性極強，就算異變後的解放派也無法掙脫。

餃子和布布路也各自帶着怪物投入到戰鬥中來，在藤鞭和布布路棺材的夾擊下，解放派沉重的身軀轟然砸倒在地，激起大團大團的紫紅色粉塵。

解放派雖然體形龐大、速度迅猛，但採取的卻都是非常簡單粗暴的攻勢，並沒有高階的實戰技巧，只會用蠻力砸、撕、咬、抓……應付這種只會用蠻力的對手，身經百戰的布布路一行人可謂不在話下，大夥兒從容不迫地戰鬥着……

召喚奇跡的使命之書
MONSTER MASTER 15

新世界冒險奇談
第十二站 STEP.12

紅魔的咆哮
MONSTER MASTER 15

黑暗中蘇醒的怪物

　　想要利用紅魔的力量逃出紅魔鄉的所謂「解放派」反而被紅魔利用操控了，只是他們完全不是幾個預備生的對手，沒過多久，他們就被盡數擊潰，被帝奇的蛛絲綁了個結實。

　　然而，就在這時，餃子的天目突然抽痛起來，他抬頭一看，疾呼道：「不好了，剛剛這些人只是拖時間而已，你們看那邊……」

　　就見山頂的一角，數以億萬計的紫紅色粉塵有如填鴨一般

被壓縮成一團，粉塵的濃度早已達到飽和，呈現出深不見底的黑暗，但更多的粉塵依舊源源不斷地被吸引過去。

「一定是紅魔的心臟在吸引着粉塵，我們得阻止……」布布路心急地大步往前衝。

「等等！」餃子用力拉住布布路，他額頭的天目感受到被碾碎般的劇痛，冷汗直流地說，「天眼傳達給我極度危險的警訊，大家千萬別靠近這些粉塵！」

「咻——」帝奇試着將一枚銳利的五星飛鏢丟進那團密度異常的粉塵之中。

下一秒，所有人齊齊倒吸一口涼氣，那枚五星飛鏢在靠近粉塵團的瞬間，突然像是受到了某種引力般，猛然加速，以不可思議的速度刺入粉塵，消失殆盡。

最詭異的是，整個過程中，粉塵團裏沒有發出任何金屬被消融或擠壓的聲音，甚至連一絲風聲都沒有……

「天哪，這，這些粉塵難道形成了一個『黑洞』？」原君飛快地翻着自己的小本子，顫聲說。

「『黑洞』是甚麼東西？」布布路不解地問。

「『黑洞』是堪比異度空間的存在！」原君臉色變得煞白，他強壓着心中的緊張，如同教科書一樣精準、快速地向布布路解釋道，「傳說極少數 S 級的怪物具有創造『黑洞』的能力，而怪物大師管理協會的科研部門也曾給『黑洞』做出定義：將大量的物質無限制地強行彙聚到空間中，當彙集的物質密度達到或者超過這個世界物理法則能夠承受極限的臨界點時，

就會形成黑洞。所有的物理法則在黑洞裏都會失效，它的密度無限大，但體積卻無限小，會產生極強的引力場，任何物質在靠近黑洞附近後，都會迅速地收縮，塌陷，包括聲音和光線也不能倖免……是超乎我們理解的存在……」

眼前這團無限彙集的粉塵，儼然一個急劇收縮的微型黑洞雛形，它貪婪而無節制地吞噬着周圍的所有物質，只剩下無止境的死寂與黑暗。

原君的一番解釋讓布布路聽得眼冒金星，他似懂非懂地追問：「連聲音和光線都能吸進去？那『黑洞』裏面是甚麼樣子的？人進入『黑洞』會怎樣呢？」

林德吞了下口水，膽寒地說：「沒有人知道『黑洞』裏是甚麼樣子，因為曾經進入過『黑洞』的人，一個也沒出來過，包括光線和聲音。所有被吸入黑洞裏的一切，將永遠不會再出現在這個世界上，至少不會是以它們本來的面貌出現……」

「是嗎？可是為甚麼我聽見『黑洞』裏有甚麼聲音？」布布路豎起耳朵，詫異地問。

布布路的聽覺向來靈敏異常，總是能聽到別人聽不到的異動。他的話讓大家臉上掠過一絲寒意，全都安靜下來，一個個屏息聆聽 ——

「撲通，撲通……」「黑洞」渾濁不清的內部，正隱隱傳來微弱卻有節奏的心臟跳動聲！

「撲通，撲通……」心跳聲愈來愈清晰，愈來愈迫近，似乎有一股強大的力量在黑暗中湧動。

猝不及防間，由億萬顆粉塵聚集而成的「黑洞」轟然爆炸了！

　　「嘭！」如悶雷一般的巨響中，粉塵消散，整座石頭山紫光迸射，地撼山搖。

　　一股帶着腥臭的熱浪逼過來，布布路他們被巨大的能量波震得東倒西歪、摔趴在地。

　　下一秒，布布路感到了一陣刺骨的寒意，一個令人毛骨悚然的聲音鑽入了眾人的耳朵。

　　「嘎吱，嘎吱……咕……」像是骨頭錯動的聲音和吞咽的聲音，緊接着，他們看見了一雙駭人的猩紅色眼睛。

　　在眾人驚恐的注視下，一隻猙獰醜陋的巨大怪物從紫紅色的粉塵煙霧中走了出來。

　　那怪物的身軀龐大得如同一座小山，口中齜出尖利的蛇牙，身後拖着一根彎卷的蠍尾，背脊上掛着兩片蒼蠅般的骯髒

翅膀，凹凸不平的紫黑色皮膚上，赫然蠕動着無數道令人不寒而慄的裂紋，裂紋中不斷釋放出污濁的紫紅色粉塵。

　　布布路他們的心像被一盆冰水淋了個透，大事不妙，紅魔蘇醒了！

紅魔的宣戰

　　肅殺的陰風在石頭山的山頂翻湧，濃濃的黑暗氣息像湖面上的波瀾一般在空氣中擴散開來，蘇醒的紅魔肆意伸展着四肢，血盆大口中溢出黏稠而腥臭的涎水，並發出低沉而亢奮的詭異笑聲：「磔磔磔……自由了，我終於自由了！即使身體碎成粉末，心臟被禁錮，也阻擋不了我的再次降臨！囚禁我的人類啊，我將用地獄的病毒將你們撕裂……」

　　紅魔的聲音極具穿透力，震盪得眾人的耳膜嗡嗡作響。徹骨的殺氣更是如海嘯般將大家吞沒。

　　布布路幾人不由得渾身一震，全都做出了備戰的姿勢。

　　就連一直悠閒地躺在棺材上的四不像都汗毛倒立，警惕地盯着紅魔。

　　紅魔似乎也發現了不遠處的這群人類，它肆無忌憚地看了他們一眼，就如同他們是一群無關緊要的微小螻蟻。

　　「你就是紅魔嗎？」布布路握緊拳頭，聲音鏗鏘有力。即使被當成螻蟻，氣勢也絕不輸人。

　　「紅魔？人類是這般稱呼我的？磔磔磔……我是誰？我乃汝等人類之噩夢！傳播恐懼之種，敲響毀滅之喪鐘！我存在的意義就是將恐懼和絕望植入人類的靈魂之中！」

　　它狂妄地抖動着身子靠近布布路，舌頭貪婪地舔了舔嘴唇

邊的尖利獠牙。

就在它酸臭的口水幾乎要滴到布布路身上時，突然，它的眉頭緊緊皺了起來，鼻頭聳動着，似乎察覺到了甚麼。

「這氣味……如此的熟悉，如此令人感到厭惡而憤怒！為何汝等身上會有沙迦的氣味？！」

紅魔的喘息聲變重了，雙眸迸出兇暴的血光，惡狠狠地一一掃過幾人。

沙迦？

聽到這個名字，餃子三人、林德和原君同時露出了極其不可思議的神情，連一向孤陋寡聞的布布路也陷入沉思，他仿佛在甚麼地方聽過這個名字。布布路心急地抬手撓後腦勺，這時，一個東西啪嗒一聲從口袋裏掉出來，落到地上。

「咦？」布布路低頭一瞧，發現原來是之前原君送給他的書。當目光落到作者名的時候，布布路眼前一亮，忍不住驚呼起來：「我知道了！你說的是了不起的十影王沙迦啊！」

原君的脊背不自覺地繃得筆直，他突然想到甚麼似的，瞪大了眼睛喃喃道：「該不會……紅魔鄉……打敗紅魔的勇士的真實身份就是偉大的十影王沙迦吧？」

「打敗我？汝等是不是誤會了甚麼啊！」紅魔不屑地瞇起血紅的眼睛，陰森森地說道，「可憐的沙迦，他能打敗我的話，怎麼會跟我一樣被困在書中兩百多年啊？磔磔磔！」

「困在書中?」所有人都震驚了,似乎連呼吸都忘記了。

「紅魔被困的地方是書中世界,這意思……難道我們所處的地方,並不是甚麼特殊空間,而是進入了沙迦的書中?」餃子難以置信地問。

「沒錯,你們所處的世界,就是沙迦所寫的最後一本書,可惜啊可惜,這本書他永遠也寫不完了!愚蠢的人類,慢慢享受我留給你們的『禮物』吧!」

紅魔說罷,不再看他們,舒展開遮天蔽日的蒼蠅翅膀,從山頂一躍而起,朝着遠處飛去。

它的身後,盤旋在山頂上空的紫紅色粉塵漸漸變得稀薄,追隨着紅魔而去。

一行人目瞪口呆地怔在了原地。紅魔短短的幾句話中蘊含着太多令人震驚的資訊,大家一時之間竟然有些無法消化。

消失的小說家

　　這時已經入夜，天空中空洞無星，紅魔遮天蔽日的身體消失在夜霧之中，只剩下一串令人毛骨悚然的獰笑久久回蕩不散。

　　滴答、滴答……

　　這一刻時間過得格外緩慢，十影王沙迦的所有資訊在大家腦海中掠過，然而大家這才發現，關於他個人的資訊是如此之少。

　　沙迦這個名字在藍星的任意一個地方都可謂如雷貫耳，

並不是因為他是十影王之一，而是因為他除了是一名怪物大師之外，還有一個十分特別的身份——才華卓越的文學家。

沙迦的作品很多，有哲思類的、傳記類的，當中最受歡迎的則是英雄冒險類的小說故事。在數十年的創作生涯中，他筆下的人物個個有血有肉，或胸懷正義、聰明勇敢，或不畏強權和邪惡鬥爭到底，在一場場戰鬥中披荊斬棘、降妖除魔，最終挽救危局，拯救萬民……這些故事感動和激勵了一代又一代的年輕讀者。大家相信，他的小說不僅僅帶給人們娛樂，也能夠鼓舞和挽救人心。甚至有不少人是受到沙迦的冒險故事的啟迪，才走上了怪物大師的正義之路。

就算是在今天，沙迦的作品依然不斷重印，穩居藍星暢銷圖書榜前列。奇怪的是，他的故事雖然遍佈藍星，本人卻甚少在公眾面前現身。有人傳說他是個大胖子，有人傳說他是禿頭，傳聞大多指向沙迦是因為形象欠佳而極少露面。

在二百四十年前，一件令舉世震驚的事情發生了：正處於創作黃金期的沙迦突然沒有任何徵兆地從文壇隱退了，從此音訊全無。

關於沙迦的失蹤原因，坊間眾說紛紜，有人說沙迦是去參加某神祕任務了，也有人說他是在祕密醞釀一部驚天大作，更有人斷言沙迦是因為江郎才盡，再也寫不出故事了，所以才有自知之明地主動封筆……

雖然傳聞眾多，可多年來，卻再沒有任何人能證實沙迦的真正去向。他就這樣無聲無息地消失在歷史長河中，留給世

人一個無解的謎團，就連賞金王雷頓家族的機密情報人員，
也找不到關於沙迦的任何線索。

　　布布路他們面面相覷，沙迦之所以銷聲匿跡，難道真如紅
魔所說，是因為他進入了書中世界，並且也被困在這裏了嗎？

這是成為怪物大師的必經之路！！！

尊敬的讀者：現在你跟隨布布路一起踏上了成為怪物大師的道路！向所有的困難發起挑戰吧！

【藍星、地球，差距有多大】

Q06 以下哪種不是藍星上的怪物？

A. 巴巴里金獅　　　B. 四不像
C. 真·強大　　　　D. 齊天大聖

答案在本頁底部，答對得 5 分，你答對了嗎？

■即時話題■

餃子：我一直以為四不像的交流能力是負數，現在看來，並非如此，它只是挑人。之前在卡加蘭，四不像分了蛋糕給貝兒；後來遇上幻海之星馬戲團的人魚公主，四不像也表現出了友善的態度；這次碰到伊牙，四不像和她，一個「布魯布魯」，一個「咿呀咿呀」，叫得好開心的樣子！

布布路：嗚嗚嗚，我知道餃子你的意思……四不像就是不待見我。

餃子：不，你沒明白我說話的重點。我想說的是，四不像挑的人都是長相可愛或者漂亮的小姑娘，像大姐頭這樣的，它就沒啥興趣了！

賽琳娜（揪餃子耳朵）：所以，你的意思是我不可愛，不漂亮？

餃子：不不不，大姐頭，你也可愛，也漂亮，就是霸氣側漏到四不像也怕怕而已。

四不像：布魯布魯……（愚蠢的人類）

伊牙：咿呀咿呀……（意義不明）

完成這個測試後，你可以判定自己作為讀者對布布路他們所在的藍星的瞭解程度。

測試答案就在第十五部的 211 頁，不要錯過哦！

召喚奇跡的使命之書

MONSTER MASTER 15

新世界冒險奇談
第十三站 STEP.13
煙之獄
MONSTER MASTER 15

急速追擊

　　紅魔鄉很有可能存在於書中世界，兩百多年前失蹤的十影王沙迦竟然也被困在了這裏，那麼他現在身在何處呢？

　　大家一時之間都愣住了。這真是匪夷所思，但是考慮到他們目前的處境，貌似又很合理。

　　「布魯布魯！」「咿呀咿呀！」

　　等大家在四不像和伊牙的合唱中驚醒過來時，才意識到紅魔最後所說的要留下「禮物」給他們的含義。

原來紅魔離開前留下了一片粉塵，被粉塵沾染到的岩石，岩殼慢慢扭曲，就像被絞擰的抹布一般，化作一團紫黑色的焦炭。轉眼間，大半石頭山被腐蝕殆盡，布布路幾人腳下的山路溶解，偌大的石頭山變成了一根孤零零的石柱，頭重腳輕地矗立着，腳下赫然是深不見底的峭壁石崖。

「不好，紅魔離去的方向是人群集中的鎮上，我們得阻止它！」紅魔的身影漸行漸遠，布布路急得像熱鍋上的螞蟻。

「那咱們得先回去才行，但原路返回似乎是不可能了。」林德四下張望着說。

怎麼辦呢？所有人手足無措的時候，一陣令人頭皮發麻的嗡嗡聲響過，他們身後那些被捆綁起來的解放派，一個個如同膨脹到極限的氣球被刺破一般身體驟然縮小，灰袍下的粉塵飄散出來，跟紅魔留下的那片粉塵聚集到了一起。

而解放派的每個人卻仿佛被吸掉了生氣，枯槁蒼老，跌倒在地，陷入了昏迷。

這片粉塵在隨風飄舞着，凝結成巴掌大的一團一團，那些粉塵團詭異地扭動着，漸漸生出了頭顱、身體、翅膀……化成一隻隻小型的紅魔，密密麻麻地佔據了眾人的視線！

「我的媽呀，這是甚麼？」賽琳娜感到有些頭暈目眩。

「也許紅魔能把力量分散！」原君舉着小本子，一本正經地分析道，「紅魔龐大的身軀本就是由無數細小粉塵凝聚而成的，所以被打散了也能重新聚合，即使將心臟和身體放在不同的地方也不會死去。而他剛剛留下了一小部分力量，這些飄散

在空氣中的紫紅色粉塵顆粒，每一顆都是紅魔的分身！」

這些微縮版的小紅魔似乎並沒有獨立的意識，在完成腐蝕山體的任務後，齊齊奮力揮動翅膀，準備飛回紅魔身邊。

餃子目不轉睛地端詳了一會兒，眼中精光一閃，馬上對賽琳娜說：「大姐頭，你能不能讓水精靈想想辦法，用水泡將它們包住？」

「我試試！」賽琳娜俯身在水精靈耳邊輕聲嘀咕了幾句。

「唧唧！」水精靈晃動着冰藍色的身軀，輕緩地吐出一張薄如蟬翼的水膜，無聲無息地飄向不遠的半空中剛剛誕生的小紅魔們。

水膜一靠近聚集的小紅魔，便迅速黏附上去，並在半空中猛然收縮，變成一個巨大的水泡。

「大型藤網！」餃子大喊一聲，身後的藤條妖妖朝空中甩出一張由軟藤條編織而成的巨大藤網，將半空中的如同大型肥皂泡的水泡全部兜住，幾番變化之後，竟然變成了一個如同大型熱氣球的簡易飛行裝置。

「我們快上去！」餃子朝大家揮揮手，示意大家趕緊拉着藤

條爬上來。

原來如此，跟着小紅魔，自然能以最快速度追上紅魔本尊。大家心領神會地點點頭，依次爬上藤條，帝奇最後將捆成蠶繭的解放派們順便打包掛在「熱氣球」下面。

隨着氣球重量的增加，在水泡中的小紅魔們更加奮力地揮動着翅膀，它們帶着無數「行李」開始翻山越嶺……

黑 煙籠罩

布布路他們搭着「小紅魔便車」一路前進，漸漸地，四周的景物開始變得眼熟起來 ——

黑濛濛的夜空下，山間一座座石屋隱約可見，稀稀拉拉的橘色燈火忽明忽暗，仿佛即將熄滅的蠟燭……

白天還熙熙攘攘的集市此刻死氣沉沉，濃濃的夜霧下，四處都是白天那些老鼠腐爛的屍體，腥臭的味道刺激着大家的鼻腔。

「咳咳！」大家被嗆得劇烈咳嗽起來。賽琳娜咳嗽的時候，水精靈也不自覺地跟着抖了幾抖，小紅魔們抓到了這個機會，衝出水泡，它們如同受到感召一般，很快融入四周的黑暗之中，不見了蹤影。

「嘩啦 ——」水泡破裂，幾人直往下墜。

「巴巴里，獅王咆哮彈！」帝奇搶先一步，在眾人落地之前，讓巴巴里向地面噴出一枚聲波彈，為大家緩衝。

　　一行人終於帶着解放派平安落地，落地後大家才發現，籠罩在四周的並非夜霧，而是嗆鼻的煙塵。

　　「這裏不對勁，這不是普通的煙！」林德小心翼翼地伸出右手，觸摸着並不能抓到的煙塵，隨後他用鼻子用力吸了吸，面色難看地說，「紅魔恐怕將身體分裂得更細了……」

　　說話間，林德的右手上出現了一條條難看的灰色褶皺，幸好他左手輕輕一彈，右手又恢復了原樣。

　　「是之前被粉塵侵襲的症狀！」大家立刻屏住了呼吸，賽琳娜趁機重新製作出水泡將大家包裹於其中。

　　粉塵已經很難防範，變為煙的話，紅魔便能一口氣入侵更大的範圍，也更難找到它的本體。大家環顧四周，黑壓壓的煙塵如同一座看不見出口的監獄，將大家籠罩了起來，可視距離極短。

　　「紅魔的身體能不斷分裂！現在它變成黑煙，看得見，打不着，我們要怎麼做才能制伏它呢？」布布路苦惱地撓着頭。他最怕這種情況了，渾身力氣想使也使不出來，鬱悶極了。

　　「別提戰鬥了，擺在我們眼前的還有更大的麻煩！」餃子審時度勢地分析道，「煙塵完全限制了我們的行動，我們只要從水泡中出去就難逃被粉塵入侵的下場。即使是林德也不能隨時照顧我們這麼多人。」

　　「更讓人擔憂的是聖殿那邊，大部分百姓集中在裏面，還不知道那裏怎麼樣了！要是有卡卜林毛球可以聯絡大祭司就好了……」賽琳娜滿頭大汗，心急如焚地說。

　　得先想辦法自保，然後才談得上救別人，該怎麼做才能從這遮天蔽日的煙之獄中逃脫呢？大夥兒不禁陷入冥思苦想，不知如何是好。

危險的計劃

　　「我倒是有個辦法，只是……不，還是算了……」原君欲言又止。

　　「別吞吞吐吐的，快說！」帝奇黑着臉催促。

　　原君雖然年紀比帝奇大，但在帝奇凌厲的目光之下，原君卻像矮了他半截似的，聽話地繼續道：「你們一定記得科娜洛導師演示過『粉塵爆炸』實驗吧？當空氣中的有機物粉塵含量達到臨界濃度時，一旦遇到明火，火焰就會以極快的速度在粉塵間迅速傳播，造成連環爆炸。」

　　「噢，我記得那個實驗！」布布路雙眼發亮，「那實驗真有趣，餃子的辮子被炸掉了一截，抱着我哭了好半天呢！」

　　「瞎說！」餃子尷尬地辯解，「我那不是哭，而是表達一種震撼的情緒！」

　　「我的意思是，現在空氣中的煙塵其實是分裂得更細小的粉塵，其本質是相同的，我們可以利用『粉塵爆炸』實驗的原理，利用明火砸開煙塵的包圍，引出紅魔真身！」原君正色道。

　　「連環爆炸雖然能極快地消耗掉粉塵，但這樣的話，置身於其中的我們和百姓豈不是也會被殃及？」帝奇提出疑問。

一想到科娜洛導師在實驗室裏引發的那場差點兒把實驗室都毀掉的連環爆炸，除了啥也沒想的布布路，其他幾個預備生都冷汗橫流。這哪是自保，分明是自殺啊！

餃子更是心有餘悸，他謹慎地拉下面具，露出額頭上的第三隻眼，環顧四周，片刻後，他深吸了一口氣說：「我用天目探查了一下，百姓都聚集在聖殿，附近除了老鼠的屍體，既沒有人，也沒有活物，我想我們可以試一試原君的方法，看能否將紅魔給炸出來！」

大家互相看看，的確想不出別的辦法對付這漫天的煙塵。

「那我們就放手一搏吧！」賽琳娜擺出大姐頭的架勢決定道，「我們先把這些解放派安置在下水管道，隨後我會借助水之牙的力量加強水泡防禦，保證大家的安全。最後，大家各自負責一小塊區域，在聖殿周邊製造連環引爆。」

連環爆破大戰

城鎮被無法捕捉的煙塵包裹成絕望的牢籠，原君想出爆破攻擊的計劃，但這計劃又危險又困難，哪怕是一點點小失誤，都會引發不堪設想的後果，他們必須打起十二分的精神，只許勝利，不許失敗！

「伊牙，你坐在金獅身上，不要亂跑！」帝奇將伊牙抱上去，囑咐道。

伊牙眨眨大眼睛，乖乖地點點頭。

賽琳娜緩緩閉上眼睛，凝神調用體內水之牙的力量保護大家。

　　「開始行動！」餃子第一時間轉動起手中的火石，跑了起來。

　　「轟轟轟……」火花遇到煙塵，頓時引發了一連串的爆炸。

　　「布魯布魯，哇嘎嘎哇嘎嘎！」被布布路從棺材裏強行拽出來的四不像，本來一臉不高興，但當它看到布布路他們瘋狂的引爆行為後，一對銅鈴眼立馬閃出興奮的光芒，嘴巴張出誇張的形狀，釋放出一連串十字落雷！

　　「噼里啪啦……」雷光像一條條急速遊走的蛇，在煙塵中凌厲穿梭，散射出的火光霎時引爆了一大片煙塵。

　　「布魯布魯！」電光石火的崩裂中，傳出四不像狂喜的大笑，仿佛在叫囂：狂轟濫炸搞破壞這種事兒，怎麼能少了本大爺？能不負責任地搞破壞，絕對是我的最愛！

　　緊隨着布布路和四不像，巴巴里金獅將一顆火石，用獅王咆哮彈發射了出去，乘着上升的旋渦氣流，空中出現了一道燃燒着的巨大火龍捲，掀起滔天的氣流，被氣流裹挾的火元素極盡所能地在空氣中擴散。

　　「轟轟轟，哐哐哐，當當當，啪啪啪……」

霎時間，赤紅色的火元素和紫黑色的煙塵激撞、侵吞、爆炸，咆哮着直至化為烏有。

天空被遮蔽，大地在戰慄，空氣中的每一個分子仿佛都在尖叫。房屋、街道、商鋪，所有的一切都籠罩在一片巨大的赤色的火雲之中。

在爆炸中奔跑的布布路幾人，如同遊走在煉獄中的幽靈。他們身上佈滿汗水、血水，爆炸產生的閃光和雷鳴的巨響，暫時讓大夥兒眼睛失明、耳朵失聰。

不知過了多久，持續的爆炸聲平息了，耀眼的火光也暗淡了，布布路他們的耳中和眼中漸漸重新出現了聲音和畫面。

瀰漫的煙塵被消耗殆盡，煙之獄解除了！

不遠處的聖殿屋頂上，赫然出現了一團巨大而猙獰的身影——

是紅魔！紅魔終於現出了真身！

召唤奇跡的使命之書
MONSTER MASTER 15

新世界冒險奇談
第十四站 STEP.14

十影王沙迦
MONSTER MASTER 15

四 不像的奇襲

「嗷——」紅魔發出一聲震天動地的超級怒吼,居高臨下地俯視着他們,眼中閃爍着吞噬一切的邪念。

隔着長長的千級台階,布布路他們聽到聖殿裏傳出百姓們此起彼伏的驚駭哭喊聲。

大家愕然瞪大了眼睛,在大家突破煙之獄的時候,紅魔顯然並未閑着,聳立在山丘上的聖殿坍塌成了一堆紫黑色的廢墟,沿山而建的城邦建築也倒的倒、垮的垮,到處都是瓦礫碎

石、殘垣斷壁，一片狼藉。

比起建築的損毀，更悲慘的還是手無寸鐵的百姓們。

目力所及之處，看不到一個健康的人，被林德治好的百姓全都又變得全身佈滿灰色褶皺，大部分人已經奄奄一息，哀號聲遍佈山野。

大祭司連站都站不起來了，躺在地上，絕望地悲歎着：「老天啊，紅魔鄉要滅亡了！」

「爺爺！」艾爾莎抱着爺爺痛哭不已。

看到這一幕，布布路他們心中不約而同地燃起一股不可遏制的憤怒之火，如遭電擊般繃緊了全身的神經，擺出迎戰的姿勢。

「可惡！絕對饒不了它！」布布路的拳頭攥得緊緊的，自責、悲傷、憤怒一齊湧上心頭。

「我們分組行動吧！」林德沉聲說，「我必須馬上去為聖殿裏的百姓醫治，並把他們帶到安全的地方。」

餃子目不轉睛地盯着紅魔的動靜，用喉音回應林德：「我們分散開來，轉移紅魔的注意力。不過，千層石階已經被斬斷了，所以你得順着下水管道潛入聖殿，你一個人能行嗎？」

「我給林德帶路！」原君輕聲道。

大家點點頭，不動聲色地分散開來，四不像在剛剛的粉塵爆炸中「玩耍」得很愉快，現在還意猶未盡，坐在布布路腦袋上，「嘰里呱啦」叫個不停。

趁着紅魔的注意力被四不像吸引，林德和原君悄無聲息地

跳下路邊的一個排水口……

看着林德和原君鑽進排水管道，布布路四人心中鬆了口氣，同時燃起了洶湧的鬥志。他們知道，唯有擊潰紅魔才能真正拯救紅魔鄉的百姓們。

大家決定由正在興頭上的四不像作為先鋒發動奇襲，巴巴里金獅再現在影王村救賽琳娜的那一幕，將四不像當作炮彈吐出。（見《怪物大師・遠古巨獸的斷齒迷蹤》）

「咿呀咿呀！」伊牙大聲叫喚着，仿佛在給四不像加油。

飛到半空中的四不像張開大嘴，一串碩大的雷光球緩緩凝聚，每一顆雷光球都蘊含着超乎想像的雷霆萬鈞之力，所過之處空氣如爆裂般吱吱作響。

紅魔本來並不將小小的四不像放在眼裏，面對雷光球不閃不避，然而它很快就後悔了，雷光球劃破空氣，如同巨雷般劈了下來。

「噼里啪啦」——耀眼的電流在紅魔全身肆意流動，將它的皮膚烤得焦黑。

紅魔正面受了四不像兇狠的一記連擊，渾身搖晃，竟然有些站立不穩。它備感意外地打量着這隻全身鐵鏽色雜毛的怪物，怎麼看都是戰鬥力墊底的渣渣，但是使出的招式卻是超乎想像的強悍和詭異。

四不像越戰越勇，勢如破竹，紅魔也只好避其鋒芒，閃避呼嘯而來的雷光球。

一時之間，戰局的優勢意外地竟然偏向四不像。大夥兒意

識到這是一個難得的進攻機會，要是能最大限度地配合四不像的這一輪亂攻，說不定能一口氣擊倒紅魔。

「別給它喘息的機會！」帝奇和餃子都在第一時間看準時機衝入戰陣，帝奇將大量的暗器緊跟着雷光球擲出，餃子則指揮着藤條妖妖使出千針火雨。

被四不像的密集雷光球陣困住的紅魔，只能在有限的範圍內閃避帝奇和餃子的攻擊，顯得格外狼狽。好幾次因閃避不及，翅膀被暗器和藤刺命中，上面被打出了好幾個窟窿。

布布路和賽琳娜也一前一後地衝上，布布路大喊道：「大姐頭用高壓水柱，向我背後沖！」

賽琳娜心領神會，小聲囑咐了一句：「那你小心了！」

水精靈雙頰鼓脹，一道高壓水柱沖出，直沖布布路背上的金盾棺材。這給布布路提供了一股額外強大的推力，原本就速度驚人的布布路在高壓水柱的衝擊幫助下，快如閃電。靠近紅魔後，布布路凌空甩出金盾棺材，威力如同一顆來自天外的流星隕石。

此時，餃子和帝奇已經按照預定的計劃將紅魔趕到預定的死角位置，來自四面八方的攻擊避無可避。

雷球、暗器、藤刺和布布路的金盾棺材轟轟幾聲悶響，全部準確命中，揚起一大片灰塵。所有人都備感驚喜，一次如此完美的合作攻擊，就連他們自己都沒有想到會如此成功……

然而不知為何，大家總覺得似乎有甚麼地方不對勁，好像遺漏了甚麼重要的事……

沙迦現身？！

灰塵慢慢散去，除了下面塌陷的大型撞擊坑外甚麼都沒有……

紅魔呢？所有人心裏都冒出了一個不祥的預感。

他們猛地回頭看向他們原來站的位置，就看到伊牙被一隻鋒利的鈎爪提到了半空，臉上的面具啪嗒一聲摔落在地，露出一張漂亮又粉嫩的孩童面孔。

紅魔不知何時繞到了大家身後，抓住了伊牙。

不好！布布路的心猛地一沉。

「咿呀咿呀！」伊牙求救般把手伸向布布路。

「布魯布魯！」四不像發出焦急的叫喚。

紅魔用嘲諷和鄙視的目光掃了一眼四位預備生，在所有人毫無心理準備的情況下，張開血盆大口一口將伊牙給吞了下去。

甚麼？！

「哇啊啊！」布布路他們齊聲驚呼起來。紅魔竟然吃掉了伊牙！

「不要啊！」賽琳娜發出撕心裂肺的悲鳴。帝奇自責地低下了頭，剛剛他指揮巴巴里金獅戰鬥時竟然忘了被林德治好的伊牙已經是一個普通小女孩了。

與伊牙的相識雖然很短暫，但這個有着創傷症候群的小女孩卻讓大家覺得心疼，因此尤為悔恨。布布路的眼睛氣得通

紅，他埋怨自己的實力還是不夠強大，無法在關鍵時刻保護好同伴。

可一切都無法挽回了，這個恐怖又邪惡的大怪物就這樣殘害了一個鮮活的小生命，布布路他們無比憤怒，渾身顫抖着將力量重新聚集起來，擺出拼死一搏的架勢。

看到幾人再次一擁而上，紅魔譏諷道：「愚蠢的人類，真是自不量力⋯⋯呃，可⋯⋯可惡⋯⋯」

話未說完，忽然，紅魔全身劇顫，像被扼住咽喉似的說不出話來，那只剛才抓伊牙的爪子轟然斷裂。

紅魔詫異地低頭看向自己的傷口，殘留的半截臂膀噴射出如鮮血般的大量紫紅色粉塵，更令它吃驚的是，它的骨頭、筋肉、皮膚⋯⋯全身每個部位都在龜裂，它感到一股可怕的力量正從內向外擊碎它的身體。

「轟 ——」伴隨着一聲震耳欲聾的巨響，紅魔的身體像禮花般炸裂開，萬千碎片往四面八方飛濺，在空中化為細碎的粉塵，布布路他們也被突如其來的氣浪轟飛了出去。

眾人在地上翻滾了幾圈，終於勉強穩住身體後，就見四溢的粉塵之中出現了一個高大的身影。

那身影周身透着懾人的氣息，就像暴風撲面而來。

空氣仿佛霎時間凝固了起來，大家渾身一陣戰慄，感到呼吸困難。

布布路幾人的目光凝住了，隨着那人越走越近，他們終於看清，那是一個相貌清秀英俊的青年，金髮碧眼，目光銳利，

瘦削但如竹子般挺拔的身形……他步履沉穩，如同戰神一般威風凜凜走了過來，氣勢足以逆天。

　　就在布布路他們目瞪口呆的時候，四周的空氣如同沸水般地劇烈翻滾起來，那些紫紅色粉塵形成了一股巨大的旋轉氣流，很快，再度拼湊出紅魔醜陋的模樣。

　　「是你！沙─迦─」

　　紅魔飽含恨意地低吟着，猩紅的瞳孔驟然縮小：「我不會再輸的，這一次，我要將你挫骨揚灰！」

　　所有人臉上都寫滿了震驚和疑惑，心臟咚咚跳個不停，他……他……他就是十影王沙迦嗎？！

重新封印

灼熱的氣流中，出現了一個耀目的身影，竟然是二百四十年前失蹤的十影王沙迦！

「嚇嚇……沙迦……可惡的沙迦……」

紅魔發出咬牙切齒的咆哮，擺動着醜陋的翅膀，八隻爪子猙獰地揮舞着，逕直撲向沙迦。

它的周身，風雲變色，紫紅色的粉塵如暴風夜的海面，掀起滔滔惡浪，數以億計的粉塵顆粒齊聲咆哮，貪婪地蠶食着空氣中的一切養分。

如同傳說中一般，紅魔停留過的每一處，它所觸及的四周土地都乾涸龜裂，植物也瞬間凋零枯萎……剎那間，布布路

幾人切身感受到了這毀滅的力量。

「沙迦！危險！」布布路擔心地大叫。

沙迦卻不慌不忙地抬起左手，一本銀灰色的大書憑空出現，「嘩啦啦」地自行飛速翻動着書頁，一道墨水從書頁中無聲無息地流淌而出。墨流在漫天粉塵中靈動地遊走，愈變愈粗，猶如一條凌厲的黑龍將紅魔緊緊纏住。

與此同時，幾十張描繪着古怪紋路的書頁彈射而出，沙迦手起手落間，源源不斷的文字飛了出去，跟書頁結合在一起，密密麻麻地貼滿了紅魔的全身。

「哇！快看，這些全都是禁制符吧？」賽琳娜看着那些書頁上的紋路。

紅魔拼命扭動着龐大而又醜陋的身體，想要擺脫這些禁制符，但卻感到那薄薄的紙片如同千萬噸的巨石壓了過來，漸漸地，它的身體一點力氣也使不出了。

原本一張禁制符就可以將紅魔粉末化的身體封印在聖殿

裏，現在這麼多張禁制符齊發，不停地向內擠壓、收縮⋯⋯頃刻間，紅魔的身體變得七零八落，碎成無數小紅魔。

「嗡嗡 ──」小紅魔奮力揮動着翅膀想從禁制符中掙脫出來，卻徒勞無功，層層疊疊的禁制符將蝗蟲一般的小紅魔牢牢吸附住，短短一會兒的工夫，小紅魔們已經被包圍起來，像壓縮餅乾一樣壓成了巴掌大的一塊。顯然，紅魔的力量之源 ──那顆心臟也在其中，被禁制符完全封印了！

禁制符回到沙迦手中，像書簽一樣被夾入書中，一切恢復平靜，仿佛甚麼也不曾發生。

這場戰鬥結束得太快，布布路他們甚至有些回不過神來。

太震撼了！這就是十影王沙迦的力量嗎？擁有如此強大力量的沙迦真的跟大家一起被困在書中世界了嗎？這些年他又身在何處呢？大家都怔住了，有太多的疑問，反而不知道如何開口⋯⋯

半晌，布布路沒頭沒腦地打招呼道：「沙迦大哥，原來你不

是禿頭，也不是胖子啊？」

其他人頓時覺得尷尬極了，只想往地縫裏鑽。

沙迦卻微笑着對布布路伸出手：「你好，布布路！」

我的天，他竟然知道布布路的名字！

大家詫異的目光中，布布路的手和沙迦的手握到了一起，只是誰也沒想到，就在這時，意外發生了——沙迦忽然單膝跪地，露出了十分痛苦的表情，那本銀灰色的大書也脫離了他的手，跌落在地。

難道剛剛他在和紅魔的戰鬥中受了重傷，只是他們沒發現嗎？餃子三人也心急地跑上前去。

只見沙迦蜷着的身體一張一弛地抽搐着，竟然愈縮愈小，居然從一個俊美的青年變成了一個布布路他們難以置信的熟悉身影——

「伊牙？」

「天哪，真的是伊牙！她還活着！」布布路他們驚愕地瞪大雙眼。

【藍星、地球，差距有多大】

Q07 以下哪個人物不是藍星上盛傳的十影王？

A. 安古林　　　　B. 阿爾伯特
C. 牛頓　　　　　D. 沙迦

答案在本頁底部，答對得 5 分，你答對了嗎？

■即時話題■

賽琳娜（心心眼）：天哪，沙迦簡直就是傳說中的高富帥！

餃子：高富帥？沙迦是很高也很帥，只是富這方面，你怎麼看出來的？

賽琳娜：沙迦隨便出一本書就是千萬級別的銷量，而那些英雄冒險類小說是一版再版，至今熱銷，單本過億都不是問題。算算稿費，沙迦絕對是富人啦！

帝奇：可他二百四十年前失蹤了，再版的稿費又沒進他的口袋，除非他找上門去要，不過他當初的責編都入土為安了吧？

原君：據我所知，當時盜版商看中了沙迦的作品熱銷，他出一本就被盜一本，沙迦和他的責編們維權很辛苦，幸好他的絕大多數讀者都是真愛粉，支持正版之餘，還幫他一起打擊盜版！

沙迦：被你一說，讓我想起那段時間，我也是很懷念的。

賽琳娜：就算沙迦只是高帥，也足夠了！餃子，讓開，別擋着我看沙迦的臉！

餃子：大姐頭，其實我也是高富帥啊……

完成這個測試後，你可以判定自己作為讀者對布布路他們所在的藍星的瞭解程度。

測試答案就在第十五部的 211 頁，不要錯過哦！

這是成為怪物大師的必經之路!!!

MONSTER MASTER

尊敬的讀者：現在你跟隨布布路一起踏上了成為怪物大師的道路！向所有的困難發起挑戰吧！

召喚奇跡的使命之書
MONSTER MASTER 15

新世界冒險奇談
第十五站 STEP.15

書中世界
MONSTER MASTER 15

真正的勇者回歸

「嗚嗚……」伊牙還活着，讓布布路喜極而泣。可是為甚麼十影王沙迦會變成伊牙呢？這讓布布路納悶極了。

伊牙緩緩地睜開眼，撿起掉落在地上的書，站起身來。他望着布布路他們的目光不再懵懂無知，反而充滿了穩重智慧的感覺。

剎那間，大家似乎明白了些甚麼。

這時，聖殿坍塌的大門打開了，林德和原君走了出來，他

們身後還拖着一條長長的「尾巴」，都是紅魔鄉的百姓。

老百姓將布布路他們團團圍住，激動地說：「是你們幾個打倒紅魔的吧？你們真是太棒了，小勇者大人們！」

老百姓對布布路他們肅然起敬，紛紛尊稱四人為「小勇者大人」。

「啪啪啪……」艾爾莎更是帶頭鼓起掌來，大祭司也欣慰地看着大家。

這讓布布路四人不由得臉紅了，布布路撓着腦袋，不好意思地說：「不，不，打敗惡魔的人是伊牙……」

「笨蛋，你還叫伊牙，他可是沙迦大人！」賽琳娜給了布布路頭頂一個栗暴，糾正道。

「沒錯，這位才是真正的勇者大人！」餃子向大家介紹道。

這下子，紅魔鄉的百姓們全都傻眼了，橫行無敵的紅魔居然是被一個看起來十分虛弱的小女孩打敗的？這也太顛覆常識了吧！

林德和原君也愣住了，他們清楚地聽到賽琳娜稱伊牙為沙迦。

可這孩子真的是兩百多年前銷聲匿跡的十影王沙迦嗎？他們朝伊牙看過去，伊牙既不像最初見面時的空洞彷徨，也不像被林德治好後的天真無邪，而是呈現出一種沉穩的氣勢，猶如不動之山，仿佛經歷過千百場戰役般從容不迫，但他的眼睛卻如水般清澈靈動，仿佛能看透一切。

「我就是沙迦。」在大家疑惑的目光中，伊牙抬起了頭。

風輕輕地震動着鼓膜，伊牙的聲音清楚地傳到在場每個人的耳朵裏。

親耳聽到伊牙承認自己是沙迦，原君全身都僵硬了，但很快他就露出了恍然大悟的表情，仿佛想通了甚麼，拿出自己的小本子，問道：「我被困在紅魔鄉十年都出不去，果然是因為這裏是書中世界嗎？」

伊牙點點頭，全身透着與年齡不相符的成熟氣質：「應該說紅魔鄉是一個只能在書中世界存活的國家……」

這裏是書中世界？紅魔鄉是一個只能在書中世界存活的國家？……

「他們在說甚麼啊？難道我們所有人都活在一本書裏？」

圍在四周的百姓開始議論紛紛，腦袋似乎都要被這個勁爆的消息炸裂了。

烏薩公國

伊牙親口承認自己是十影王沙迦，並告訴大家紅魔鄉是一個只能在書中世界存活的國家，引起一片譁然。

「這一切到底是怎麼回事啊？你就快告訴我們吧，伊牙！」布布路急切地問。其他人也都看着沙迦，想要得知真相。

在大家等待的目光中，沙迦深吸了口氣，開始講述自己所知道的一切 ——

在無法用年代紀元法來估算的超級遠古時代，在那場扭曲虛空的史詩級戰鬥中，炎龍和海因里希在水與火的極端對抗中，都失控地向虛空中逸散出大量的超強元素力量。因為他們醉心於戰鬥，根本無暇回收這些力量，漸漸地，這些四散的始祖級力量就成為那些潛伏在虛空亂流中的怪物們爭搶的力量來源。

在這些分散的力量之中，有一團水與火元素的終極交融體，它雖然已經被主人遺忘，卻依然繼承着主人的意志，一直在頑強地對抗着吞噬者。它在黑色虛無的虛空中散射着紅藍色的元素流光，那些幻覺般的流光吸引着無數自以為強大的怪物，它們前赴後繼地來爭奪這股強大的力量，但最終的結果卻是統統被這股力量吞噬。無數怪物的屍體在這股力量中腐爛發酵，融合成一個巨大的病毒體！久而久之，再也沒有怪物敢靠近它，它就如同扭曲虛空中的一顆混沌的死星，光彩奪目卻能吞噬一切……終於有一天，這一團混沌的力量中，產生了一個統一的意志，這個意志就是──紅魔！

後來，炎龍和海因里希撕裂了虛空，將戰場轉移到藍星，許多強大的怪物也趁機尾隨來到藍星，紅魔也在其中。當時，因為始祖怪的惡戰，藍星風雲變色，這些怪物不想被牽連，紛紛各自在藍星尋找隱蔽的地方蟄伏起來，想等到風平浪靜之後再出來爭奪始祖怪逸散出的元素力量……

在人類的歷史上，這些蟄伏起來的大怪物都曾在蘇醒後引發許多可怕的混亂，唯有傳說中最恐怖、最強大的紅魔從

來沒有露過面，也正因為如此，很多學者甚至認為紅魔根本就不存在……

然而災難總是不期而至，二百四十年前，紅魔從酣睡中蘇醒過來，襲擊了一個名為烏薩公國的偏遠國家。

等我趕到的時候，整個烏薩公國都被紅魔釋放出的粉塵所吞沒，所有百姓也都被粉塵病毒侵蝕得氣若遊絲，生命危在旦夕。我心中燃起了滔天的怒火，使盡渾身解數，終於制伏了紅魔，但此時紅魔病毒已經侵蝕了老百姓的身體，一旦紅魔死去，這些百姓也會立刻化為塵埃。

我捏着紅魔的心臟卻無法殺死它，在逼不得已的情況下，做出了一個艱難的決定：我讓自己的怪物「書翁」使用了一項禁忌的能力——將紅魔和烏薩公國的所有百姓全都封印在一本書中。

我將紅魔的心臟和身體儲存在不同的書頁，為了讓老百姓不再終日生活在恐懼中，我刪去了他們的記憶。只是我戰勝紅魔的最後一刻過於印象深刻，他們下意識地將那段回憶當成了一段勇者戰紅魔的傳說。人們忘卻了曾經的出生地，將書中的烏薩公國稱為紅魔鄉。

原來沙迦是為了救活所有人才不得已選擇將整個烏薩公國帶入書中的。

　　百姓們聽得目瞪口呆，那群之前被布布路他們寄放在下水管道中的解放派不知何時也站到了人群中間，他們冷汗直冒，沒想到要是離開書中世界，等待着大家的反而是死路一條。

而幾個預備生的心也隨着伊牙的話語跌宕起伏，他們曾經親身領教過這種邪惡的力量，只是海因里希的一顆牙齒就那麼強大了，融合了炎龍和海因里希以及其他怪物力量的紅魔，該具有多麼摧枯拉朽的毀滅力量啊！可想而知，沙迦輕描淡寫所帶過的制伏紅魔的過程，是何等艱辛的一戰，也可見十影王的實力之強。

想到這裏，大家全都對沙迦露出了星星眼，就連不苟言笑的帝奇也目露崇拜。

逆行的時間

「可是，你怎麼會變成伊牙呢？」布布路好奇心不減，不依不饒地追問着。

「我變成這副小孩子的模樣，既是意外，也可以說是必然的結果！」沙迦繼續說 ——

我的怪物——「書翁」，可以將物體或能量封印在書頁裏，但封印活着的生命卻是絕對的禁忌，在書中世界定型的瞬間，施術者將再也無法出去，自己也被囚禁其中。

我意識到，這樣一來，紅魔永遠無法被真正消滅，被侵蝕的人們也無法真正獲救……

更令人絕望的是，此時的我是孤軍奮戰，身邊沒有能幫助的人。因此，我在完成封印的同時，把這本囚禁着紅魔的

書留在了十字基地圖書館裏，這是我為所有人留下的最後的活路。這裏怪物大師齊集，如果有一天，有人可以連通書中世界和現實世界，這本書將把他帶往書中世界，那我就可以將紅魔的心臟交付予對方，另尋解決之道。

我做了一切自己可以預判的準備，將書中時間的流速降到幾乎停止，等著符合條件的人出現從而啟動時間，並打算就這樣在書中世界養精蓄銳、靜心等待。可萬萬沒想到的是，因為這次帶入書中世界的生命過多，我受到了禁忌之力的反噬，個人時間開始逆行，並幾乎達到了極限的狀態，這讓我蛻變回了幾乎剛剛出生的時間，體力、感官、記憶力都完全不受控制地極大衰退。

從落入書中世界的那一刻起，我已經虛弱得連平穩着陸的能力都不具備，一路從山崖上滾下，導致頭腦受到重創，幸虧被路過的當時還並不瘋狂的解放派大叔撿到，並帶回家撫養。

時間，是我計算中最大的疏漏……等我在林德的治療下漸漸清醒時，赫然發現，自己已經從嬰兒長到十歲了。換句話說，書中時間被啟動至少過去了十年。

「書中時間被啟動至少過去了十年？原君失蹤了十天，在書中世界剛好度過了十年……難道那個可以連通書中世界和現實世界的人指的是原君？」餃子若有所思地看向原君。

「是我嗎？我是被沙迦大人召喚過來的？」原君一怔，連

連擺手，「雖然時間吻合，但我並不能連通書中世界和現實世界，如果我能做到，早就出去了。」

說話的同時，原君鳥窩般的頭髮裏鑽出一張異常熟悉的醜陋蛙臉。

「布魯布魯！」四不像一看到那張臉，就氣急敗壞地大叫起來。

布布路他們一看，頓時也都露出了不可思議的目光，因為那東西竟然正是之前長在四不像後腦勺上的怪蛙。而且回想起來，大家之所以進入舊圖書館的閱覽室，就是它指引四不像進來的。

進化的丁丁

「它就是丁丁！」原君指着頭頂的怪蛙解釋說，「丁丁是C級的超能系怪物，能力是定位、導航和通路。定位就是指被丁丁碰觸過的生物，它都可以定位該生物的位置，距離愈近，定位的時間愈快、準確度愈高。導航就是尋找正確路線，也可以引導被定位的生物來到目的地。通路就是打開通道，一般針對現實中存在的地方，功能有點像『傳送光柱』，但我此前從未想過『書中世界』真實存在，自然也沒試過要打開。」

「可是丁丁不是一根豆芽菜似的怪物嗎？怎麼變成怪蛙了？」賽琳娜疑惑地問。

對此，原君搖搖頭，坦然表示自己也不清楚：「丁丁的形態

是最近一個月才改變的，也許是升級了。」

「升級？」熟讀《怪物圖鑒》的賽琳娜記起上面對丁丁的介紹，「圖鑒上說過，它要完成 C 級別以上的進化需要花上漫長的時間，超越了一般人類的壽命，所以歷史上還從沒有過關於它進化形態的記載。」

「我知道怎麼回事了……」沙迦聽了大家的話後，整理着思緒說道，「我想不管是丁丁之前建立連接還是它的形態變化，大抵都是因為書中世界和現實世界的時間流速不同吧。書中世界的時間被凍結暫停了兩百多年，一旦啟動便加速流逝，所以原君失蹤的十天在書中世界已經過了十年……而書中世界的這十年，從現實世界的座標來看，是極其不穩定的，是被加速拉伸的時間軸。丁丁在嘗試感應和定位外部世界的時候，被這種拉伸加速的時間影響，從而發生了進化，因此成功定位了這位少年的怪物，並將你們拉進了書中世界。」

「對不起，」沙迦看着原君，愧疚地說，「這些問題原本都是我能解決的，一切都是我的錯。我真的很抱歉，因為我的失算，就這樣白白浪費了你生命中寶貴的十年時間。」

原君低着頭沉思起來，濃密的頭髮和大鬍子掩蓋了他的表情。而四周的老百姓也陷入了死寂般的沉默中，努力地消化着沙迦的話，試圖回憶起自己忘卻的時光……

「沙迦大人，您不需要向我道歉，」過了好一會兒，原君終於抬起頭，用一種堅毅而又尊敬的目光回望向沙迦小小的身軀，「比起您來，我這點小小的犧牲算甚麼呢？您曾經在書中

說過，人生最需要的，不是金錢，不是名譽，而是走進自己的內心，瞭解自己的使命，尋找自己生命的意義。因此當您擁有『書翁』這只怪物以後，您就開始思考自己所需要相應承擔的使命。您不惜觸犯禁忌，賭上自己的生命也要建立書中世界來封印紅魔，保護烏薩公國的所有百姓，這就是您覺悟了自己的使命之後的行動，而引我進入書中世界也是您為了完成自己使命中的一環。就算遲了十年也沒有關係，這是我的榮幸，我也願意以自己所擁有的怪物能力，來完成相應的使命！我會把紅魔的心臟帶去現實中，交由怪物大師管理協會來處理！」

「謝謝你。」沙迦鄭重其事地對原君鞠躬，表示感謝。

「沙迦和原君都好了不起！」布布路感動得眼眶濕潤，不由得轉頭看向自己的怪物。四不像依然一副神氣活現的囂張模樣，完全不把布布路當主人看待。布布路曾經一度失望，但如今，布布路早已有了不同的領悟。大千世界，人們各不相同，四不像也只是不同於其他怪物的存在。既然它出現在自己的生命中，布布路相信這必然是有其意義的，只不過，他自己的使命是甚麼呢？

新世界冒險奇談

第十六站 STEP.16

陰謀，戰力升級
MONSTER MASTER 15

危機，被衝破的禁制符

　　原君的一番話讓大家感動不已，連一貫不用腦子的布布路也在他的啟發下開始思考起自己的使命和生命的意義。

　　「沙沙 ——」就在布布路沉浸在自己的思緒中時，沙迦手中的銀色書本左右搖晃起來。

　　「書翁？」沙迦疑惑地低頭一看，書頁像蓮花般綻開，不停翻動起來。

　　沙迦一個踉蹌，跪倒在地，像是受到了極大的刺激，身軀

劇烈顫抖着，一口血噴在書翁的銀灰色封面上，整本書的書頁頓時全都「嘩嘩」作響。

與此同時，布布路他們的腳下也開始震動。以沙迦為核心，地面像蛛網般龜裂，大大小小的碎石子彈一般從地面彈了出去。

「哇啊——」四周的老百姓嚇得魂飛魄散，渾身顫抖，害怕地往後退。

「大家不要慌！」餃子三人趕緊讓怪物們做出備戰狀態，同時幾人分散到人群中維護秩序，以免大家互相推擠受傷。

布布路的耳朵動了動，似乎聽到近旁傳來微弱的啜泣聲，有一個熟悉的聲音呢喃着：「救救我……」只是那聲音很快就被淹沒在百姓們雜亂的聲潮中，令布布路無從辨析。

「轟！」下一秒，書翁猛地掙脫了沙迦的手，那張層層封印住紅魔的禁制符「咻」地飛了出來，在半空中猛地爆裂開，紫紅色的煙霧再度騰起……

「磔磔磔，沙迦，你以為還能像之前一樣封住我嗎？……別癡心妄想了！我要復仇……我要在你面前狠狠捏碎這些愚蠢的人類……」

伴隨着刺耳而又恐怖的狂笑聲，一個巨大的黑影在煙霧中若隱若現。

天哪，紅魔竟然掙脫了禁制符！

紅魔抖動灰色翅膀，搖晃蠍子尾巴，好像在集聚某種力量……它的身體以肉眼可見的速度呈幾何級數暴漲，身上一張一合的裂縫中冒出污濁的黑光，居高臨下地俯視着眾人。

這是怎麼回事？

沙迦碧綠的眼睛蒙上了一層黑霧，他難以置信地低吟道：「不可能！只要你仍然困在書中世界，就不可能掙脫我的禁制符！」

「你們看！是艾爾莎！」布布路循着那細細的求救聲看去，發現人群後面一個圓滾滾的小孩身體不知何時躺倒在地，更令人心驚的是，她的背上插着一根猩紅色的尖細螯針。

誰也沒注意，沙迦將紅魔封印之前，那些被打落得支離破碎的紅魔身體中，這小小的一部分被遺漏了，並沒有被收進禁制符，而這根斷裂的螯針不知有心還是無意地落到了艾爾莎身上。

「請你們救救她！」大祭司老淚縱橫，「對不起，爺爺沒能好好保護你！」

沙迦看了一眼大祭司和躺在地上的胖女孩，一種熟悉的感覺從腦海中一閃而過，他很快明白了甚麼，臉色變得煞白：「難道……難道一切都是算計好的嗎？」

恢復記憶後就一直鎮定無比的沙迦額頭上開始滲出冷汗，眼神中竟然閃過了一絲慌亂。

他意識到自己低估了這只怪物的智商，他差點兒忘了這是擁有着自主意識的 S 級怪物。

「可惡！」布布路焦急地衝向艾爾莎，想把她身上的螯針拔

出來。

可是他剛剛靠近，一隻有力的手突然攔住了他，是林德。

「現在不能動她！」林德叫道，「你們先看清楚她現在的狀態！」

布布路他們定睛一看，發現艾爾莎臉色蒼白，嘴邊冒着白沫，看起來已經生命垂危了。

可悲的人類血包

林德小心翼翼地碰了碰艾爾莎，她的四肢冰涼，脈搏幾乎已經摸不出來了。「這孩子失血過多，現在硬拔的話會沒命的。」

布布路頓時悔恨交加。悔的是，自己沒有第一時間發現艾爾莎受傷了；恨的是，紅魔居然連一個手無寸鐵的女孩都不放過。

「我先給她止血！」林德掰開艾爾莎毫無血色的嘴唇，送了一顆黑中泛紅的藥丸。那藥入口即化，艾爾莎背上的傷痕凝結，將螯針逼了出來。

「可是，為甚麼她會失血過多呢？」原君撿起斷裂的螯針，不解地問，「這根螯針並不大，傷口也不深……」

「如果我沒猜錯的話，是紅魔吸走了她的血。」林德邊給艾爾莎縫合傷口邊說。

「紅魔吸走了艾爾莎的血？可紅魔為甚麼突然吸人血呢？它不是釋放病毒粉塵攻擊人類的嗎？」布布路一頭霧水。

「那孩子的血是特別的，紅魔把她當成血包使用！」沙迦喘

着粗氣站了起來,「我想起來了!這孩子就是當年我在聖殿外和大祭司一同救下的嬰兒,恐怕兩百多年前,紅魔的目標就是這孩子!」

「甚麼?」伊牙的話再度讓所有人震驚了。

紅魔竟然在兩百多年前就開始以艾爾莎為目標了嗎?

「磔磔磔,時隔多年,你終於長點腦子了。」

紅魔的身體停止了生長,此刻它已經比聖殿更高大,投下遮天蔽日的巨大陰影,籠罩着眾人,它得意揚揚地開口了——

「愚蠢的人類啊,我從沉睡中蘇醒就是嗅到了『誘食』的味道,這甘甜純美的特殊血液可是怪物們絕佳的補充劑!藍星真的是一個奇跡之地,聽說這裏有一種罕見的病症叫毒血症,致死率是百分之百,但在我落入書中世界之前,當時還是嬰兒的這個小姑娘,雖然在出生不久後就患上了毒血症,但卻靠着自身特殊的免疫力,健康地活了下來,並因此令體內的血元素發生了異變。這種獨一無二的血元素散發出難以抵禦的異香將我吸引了過來,我只是聞了一聞便知道,這奇跡中誕生出來的血元素可以綜合我體內來自各種怪物的混亂的元素之力,讓我變得更為強大!

兩百多年前,正是在這千級台階上,我離這美味的『誘食』明明已經近在咫尺了,這孩子的母親卻用生命擋住了我的

攻擊，然後那該死的老頭又抱走了她。最可惡的就是，關鍵時刻沙迦竟然出現了，我被自己所低估的渺小人類關入了書中世界，一困就是兩百多年……磔磔磔，但人類那多餘的憐憫之心讓沙迦無法放棄烏薩公國的人類，小女孩跟著我一起進入了書中，並活到了現在，真是太好了，如今我終於成功了！這獨特的血元素到手後，區區禁制符已經無法像之前一樣封印我了……」

「我明白了，紅魔故意在沙迦禁制符攻擊時將身體分裂，並借機將螫針神不知鬼不覺地插到艾爾莎身上，在吸收夠她的血元素之後，它順利衝破封印，並完成自身強化。」原君恍然大悟地說。

沒想到艾爾莎竟然是毒血症患者，而紅魔覬覦她身上的血元素已久。甚至為了得到她的血，侵襲整個烏薩公國……沙迦臉色一白，透出凝重和不安。而扶著艾爾莎的林德此時眼中閃過了一絲濃重的陰霾，散發出與他遊醫身份極不匹配的兇暴的戾氣。

「卑鄙的混蛋！吃我一招！」無法忍耐的布布路青筋暴起，以殘垣斷壁為跳板，高高躍了起來，狂怒地吼道，「你為了獲得強大的力量殘害了艾爾莎，更毒害了烏薩公國無辜的百姓！我要替大家打倒你！」

布布路甩出金盾棺材，狠狠向紅魔腦袋砸去，紅魔輕巧地閃開，鄙夷地笑道：

「礫礫……為了獲得強大的力量有錯嗎？你們人類不也從時空盡頭召喚怪物，讓這些怪物為你們浴血奮戰？你們自詡為主人，為怪物套上枷鎖，目的不就是為了獲得與你們不匹配的力量嗎？論虛偽和貪婪，有甚麼生物勝得過你們人類呢？」

紅魔一臉猙獰地盯着布布路，暴突的眼睛裏充滿譏諷。
「你錯了，」布布路無所畏懼地直面紅魔，「怪物是我們重要的夥伴，從我們擁有它們開始，就想着要和它們共度一生，我們會和它們出生入死，遭遇各種艱難險阻，但我們絕不會置

它們的生死於不顧！」

　　說完，布布路下意識地看向身邊的四不像，四不像正用那對滑稽的長折耳給自己扇着風，也不知道有沒有聽他說話。

　　「紅魔，你不曾和任何一個人類心靈相通，你根本就不明白人類與怪物之間那份珍貴的感情！」賽琳娜與自己的怪物水精靈對視一眼，彼此的眼中盡是信賴和友愛。

　　餃子和藤條妖妖，帝奇和巴巴里金獅，原君和丁丁……每個人都和自己的怪物緊密相依，鬥志昂揚地面對紅魔。

　　「心靈相通？讓我來告訴你們這是多麼沒用的東西吧！」

　　紅魔扭動着身體，遮天蔽日的狂怒粉塵噴薄而出，將布布路他們和還未來得及逃散的百姓捲入其中。

　　賽琳娜想要讓水精靈做出神聖障壁來防禦，但要多大的水幕才夠呢？在她猶豫的瞬間，一切都晚了！

　　刺鼻的粉塵爭先恐後地鑽進大夥兒的口鼻，有如燒紅的鐵屑般灼燙着鼻腔和食道。劇痛之中，大家慘叫着撲倒在地，如同被拋上岸的魚兒，痛苦地匍匐在地，不斷地抽搐身體。

　　沙迦想要站出去應戰，腿腳卻如石頭般沉重，邁不動半步。

　　紅魔像是要加深他的痛苦，挑釁般對大家說：「誰也無法阻擋我的步伐了，被關在書中世界的人們啊，要恨就恨你們偉大的十影王沙迦吧……」

【藍星、地球，差距有多大】

 以下哪種是藍星才有的疾病？

A. Y 病毒
B. MERS
C. SARS
D. ASFV

答案在本頁底部，答對得 5 分，你答對了嗎？

■即時話題■

餃子：這些刺鼻的粉塵就相當於是病毒，吸入之後好難受好痛苦，我想我能明白黃泉在身中 Y 病毒後的境遇了。

布布路：餃子，你為甚麼突然提到黃泉啊？

餃子：沒辦法，咱們的作者親爹表示讀者來信太多，求增加黃泉戲份，所以作者親爹要不動聲色地滿足一下讀者們的要求。

賽琳娜：黃泉的人氣是四天王裏最高的，簡直太喪心病狂，像我就比較看好阿爾伯特！

帝奇：我看好的是布布路爸爸，畢竟克勞德的戲份是壓軸的。

布布路：你們都不看好索加嗎？

賽琳娜：誰讓這是個看臉的世界……

其他人：唉──

完成這個測試後，你可以判定自己作為讀者對布布路他們所在的藍星的瞭解程度。

測試答案就在第十五部的 211 頁，不要錯過哦！

尊敬的讀者：現在你跟隨布布路一起踏上了成為怪物大師的道路！向所有的困難發起挑戰吧！

這是成為怪物大師的必經之路！！！

MONSTER MASTER
LOVE DREAMS

V 多泉

召喚奇跡的使命之書

MONSTER MASTER 15

新世界冒險奇談
第十七站 STEP.17

沙迦的決心
MONSTER MASTER 15

祕招，以毒攻毒

　　四周充滿紅魔肆虐的狂笑聲、同伴們的慘叫聲和哀號聲，就在大家快要失去意識的時候，突然間，灼燒感消失，一股清涼而柔軟的氣息湧來……

　　「轟隆隆 ——」在一片混亂中，給人們製造出生機的，赫然是布布路頭頂那隻不起眼的雜毛怪物。

　　數道紫色的雷光直劈而下，紅魔猝不及防，半邊臉被強大的雷電劈開，同時對粉塵也失去了控制。

「布魯布魯！」四不像發出幾聲高昂的叫聲，仿佛是在宣戰。

這絕對是令人震驚的一幕：一隻不足半人高的矮小怪物，正跟一隻身形巨大的怪物對峙着。然而雙方所散發出來的氣勢竟然……勢均力敵！

機會來了！沙迦的瞳仁急劇收縮，像是耗盡了所有力氣才使得自己的身體能夠活動。他想要跟書翁一起戰鬥，但奇怪的是，他手上那本銀灰色大書內的書頁仿佛被膠水緊緊黏合着，變得難以翻閱。

「書翁，聽我的話 ——」沙迦疲憊地喘着氣，努力地想要翻開書頁。

「沙迦大人，請您別再勉強了！」林德恭敬地上前一步，攙住沙迦，「我想您應該知道，書翁無法打開是因為您現在的狀況實在是太差了，如果強行使用書翁的能力，以您現在的身體狀況是絕對無法承受的！」

連沙迦大人也不行了嗎？受困的百姓們見狀露出了絕望的神情。

「沒關係！」沙迦揮開林德的手，露出了堅定而決絕的眼神，「相信我，我有辦法對付它！」

「既然您如此堅決，就讓我來拋磚引玉，先滅一滅它的氣焰吧！」林德從袖子中掏出一個拳頭大小的透明玻璃球。

趁着四不像引發紅魔注意的同時，林德滑步到餃子身邊，強塞了一包東西給他，也不知道和他說了甚麼，餃子的動作明顯地僵了一秒。

　　一切準備就緒，林德瞅準了角度，將手中淡綠色的透明液體玻璃球猛地朝着紅魔扔去。

　　正在與四不像對峙的紅魔看到異物襲來，伸爪凌空一拍，如同刀鋒一般的勁風直接在半空中將玻璃球擊碎，綠色的液體在半空中散開，瞬間氣化成一股淡綠色的氣霧，籠罩在它臉上。

　　「咻，你們認為這種程度的偷襲會有用嗎？」

　　紅魔嘲笑林德以卵擊石，但它話音剛落，得意的表情突然凝固⋯⋯振動飛舞的翅膀像被按下了暫停鍵一般，陡然停住了。「轟」的一聲，紅魔重重地摔倒在地，身體抽搐，爬不起來了。

　　與此同時，空氣中殘餘的一絲淡綠色的氣霧飄到了還未來

得及撤離的百姓中，那些氣霧剛剛接觸到他們的皮膚，他們就變得臉色如土，分別出現了呼吸困難、嘔吐、暈眩、焦慮、肌肉痙攣等症狀。

餃子迅疾地穿梭在百姓中，將剛剛林德塞給他的小包中的藥丸準確地擲入他們嘴巴裏，吞下藥丸後，情況立刻就有所好轉。

「大家注意！這個時候千萬不要靠近紅魔！」林德大聲叮囑大家，「附着在它身上的那些劇毒太過致命！幾乎所有生物都不能倖免，即使是花草、樹葉也會大面積變色或枯萎！中毒超過十秒，即使被救回，病毒也仍然會對中毒者的神經、大腦和肝臟造成嚴重損傷，三十秒鐘後會漸漸喪失全部生理機能，三分鐘內如果不採取正確治療措施，中毒者就會死亡。所以儘管你們剛剛已經服用了解藥，還是得遠離紅魔！」

「噢噢噢，林德真是太厲害了！用病毒對付病毒！紅魔真是活該！」服下解藥的布布路精神抖擻地說。

「不，我們不能掉以輕心！紅魔集萬千病毒於一身，我估計它中和這些致命毒素只是時間問題，所以我們要抓住這個緩衝時間想出對付它的辦法！」林德邊回答邊引導百姓有序地往聖殿後撤離。

林德為大家贏得了寶貴的時間，百姓們紛紛用感激的眼神看着他。

一旁的賽琳娜卻露出了疑惑的表情，因為林德所說的那種劇毒的特質，和她在煉金術卷軸中看到的一種超級毒素太相似了！

那種超級毒素並不屬於自然界，它是高階煉金術士在研製中無意間發現的，在瞭解它的致命性後，已經在藍星被全面禁止使用，並且早在五十年前就將所有的樣品全部都銷毀，而且據記載，此毒無藥可解！

問題是，如果真的是那種超級毒素，林德是怎麼弄到的，又是哪來的解藥呢？

力量、勇氣與責任

紅魔吸入了超級毒素，醜陋而龐大的身軀暫時癱軟在地，痛苦而又猙獰地顫抖、翻騰着。

布布路一行人也都做好了再次迎戰的準備。然而一個身影卻跌跌撞撞地走到了四個預備生身前。

「謝謝各位，剩下的就交給我吧！」沙迦臉色煞白，沒有半

點血色，身體也異常虛弱，但他疲憊的面容上的雙眼卻異常冷峻堅毅。

「沙迦大人，你準備怎麼做？」原君預感沙迦將要孤注一擲，不免緊張地問。

沙迦深吸了一口氣，仿佛說一句話都要耗費很大的氣力，他語氣堅決地說：「我要在這個書中世界中再建一個書中世界，將紅魔關進去！」

「不行！」四個預備生異口同聲地大聲阻止。他們曾不止一次在別人身上看到過這種表情，那是一種欣然赴死的決絕表情。可是，為甚麼一定要有人犧牲才能解決問題？難道沒有更好的解決途徑了嗎？大家都不想就這樣放棄。

「封印生命不是禁忌嗎？您這樣的身體狀況是不可能完成這個計劃的！即使完成了，您還有時間可以倒退嗎？」林德勸說道。

「你們先聽我說完，」沙迦面色從容地說，「我知道，即使再用一本書將紅魔困住也不過是暫時的緩兵之計，而且再次使用禁忌之力，我的時間必然再次大幅逆行，我自己也不確定到時候是不是還能活着……所以最終消滅紅魔的重任只能交給你們……」

「不行！」布布路一反常態地大聲打斷沙迦，大吼道，「重要的事不要託付給別人，一定要自己完成！不管過程怎樣艱難，我們都會和你並肩戰鬥到底的！」

賽琳娜也無視沙迦十影王的身份，雙手叉腰，「噼里啪啦」

倒豆子般地發起獅吼功：「您自己也說了，就算再度封印紅魔也是治標不治本，而且還會承受嚴重的反噬，誰知道您會倒退到幾歲，運氣好直接變成嬰兒，要是運氣差點兒說不準直接變成細胞核……所以不行！絕對不行！」

「是啊，這樣的話要是哪天紅魔蘇醒再次為禍人間，到時候您不在了，可沒有人有能力再一次封印它了！」餃子連忙附和道。

「我啊，還想繼續看十影王沙迦的新作呢，所以，比起隨便死去，沙迦更適合成為活着的傳說啊！」帝奇扭過頭說。

最後，原君也從人群中站了出來，正視着沙迦的眼睛說：「沙迦大人！我想，命運既然讓我們聚集於此，一定是因為需要我們在正確的時間、正確的地點，做出一次正確的選擇！也許花了十年時光，正是為了等待大家聚首的這一刻！我的怪物丁丁擁有超級尋路功能；餃子擁有伊里布之力化為的天目；帝奇擁有雷頓家族的守護獸巴巴里金獅；賽琳娜更是擁有始祖怪水之牙的力量；還有布布路，他的四不像是一隻不可思議的怪物……聽說它能吞噬一切……我相信正確合理地使用我們各自擁有的能力，必然能解決眼前的問題，並且不用犧牲我們中間任何一個人作為代價！如果奇跡不會憑空降臨，就讓我們大家一起攜手創造吧！」

原君的話擲地有聲，除了四不像齜牙咧嘴表示不服氣外，大家都陷入了深思。

沙迦的五官舒展開來，嘴角露出了一絲笑容，他的表情跟之前截然不同，仿佛心底有了答案。

最強的終極融合

「轟!」沙迦正準備對大家說甚麼,忽然,一股讓人膽寒的暴戾氣息自倒地不起的紅魔身上瀰漫而出。空氣劇烈震動起來,沙迦清晰地感覺到有甚麼改變了。

紅魔全身的肌肉收縮鼓脹,骨骼發出「咔嚓咔嚓」的巨響,在大家驚疑不定的目光中,紅魔抖動着身軀,完全復蘇了!它的周身纏繞着一股淡綠色的氣霧,看來已經完全中和了林德擲出的超級毒素,並收歸己用了!

沒想到,林德的拖延戰術竟然變成了飲鴆止渴的行為。

「磔磔磔!多虧了你們,我變得更強了!」紅魔飛舞着翅膀,張開血盆大口,發出令人頭皮發麻的聲音,「沒想到這種來自藍星的毒素是這麼好的東西,要是兩百多年前得到它來完善我的力量,沙迦也絕不是我的對手!不過現在也不算太遲!磔磔磔……」

紅魔眼中兇光閃爍,致命的危險氣息鋪天蓋地湧動而出,四周山石頓時如同被摧枯拉朽般崩碎。

這仿佛要吞噬一切的恐怖力量讓布布路他們全都戒備地往後退,只有沙迦一動不動地留在了原地。

「呵呵,是啊,現在也不算太遲……」他重複着紅魔的話,語氣異常輕柔,卻意外地充滿力量。

大家循聲看去,就看到如同風中殘燭的沙迦吃力地支撐着身體,面容雖然憔悴,但是雙目卻炯炯有神。

「哼，虛張聲勢！就算是全盛時期的你再次和我一戰，也未必是我的對手了！何況你現在這副半死不活的樣子。」紅魔露出目空一切的表情。

沙迦對紅魔的挑釁絲毫不為所動，從容地回答道：「你說得沒錯，面對現在的你，就算是全盛時期的我也未必能戰勝，但是……」他抬高了語調，昂首挺胸地說，「你的對手並不是我一個人！」

沙迦的語氣平靜而堅定。這一刻，在那小小的身體後，大家仿佛看到了那個威風凜凜的十影王。

面對更為強大的紅魔，沙迦表現得從容不迫、遊刃有餘。紅魔雖然不知道沙迦到底還能通過甚麼手段擊敗自己，但是它的本能驅使自己要先下手為強，就此結束沙迦的生命，這樣一來就再也沒有任何人可以阻止自己了。

數道夾雜着劇毒粉塵的勁氣，以橫掃一切之勢從四面八方

朝着沙迦襲來。毒素如同有生命的針尖一般，瞬間刺入了在場每一個人的皮膚。

　　所有人都感到一種前所未有的無力感，呼吸驟然變得急促，肌肉不自覺地開始痙攣，意識也愈來愈模糊，不消片刻，所有人的生命都將會被劇毒吞噬！

　　紅魔順利地佔了上風，但是如此順利就可以消滅壓制了自己兩百多年的宿敵，這種違和感讓紅魔感到極度不安。它知道沙迦一定在它不知不覺的時候就已經部署好戰勝自己的計劃了，但是自己也只差一步就能殺死沙迦。

　　這種狂躁不安又極度興奮的矛盾感覺幾乎讓紅魔崩潰。

　　在劇毒的旋渦氣流中，所有人的氣息都愈來愈弱，如同林德所說，這種劇毒中毒者超過十秒即使被救回也會留下終身難以消除的後遺症，沒有救治的情況下三分鐘就會死亡！

　　而現在已經過去將近兩分鐘了！布布路他們幾乎已經完全喪失了戰鬥力，肢體已經完全麻木不受控制，半跪半倒地守護在沙迦的周圍。

　　只要再等上一分鐘的時間，紅魔兩百多年的枷鎖就可以完全解除了！紅魔難以抑制自己內心的狂喜，瘋狂地大笑起來。

　　布布路感覺到自己和夥伴們的氣息就在紅魔的狂笑聲中愈來愈弱，幾乎已經感覺不到了……難道一切結束了嗎？

　　他回頭看向沙迦，只見他從小夥伴們築成的人牆中，伸出他纖細的手臂，手上抓着一張從書本上撕下的書頁，也不知道是不是因為虛弱而無法抓緊，那張書頁竟然被病毒粉塵旋渦吹到了半空，撕扯成了碎片……

　　剎那間，整個紅魔鄉都陷入到無邊的黑暗和寂靜中，只剩下病毒氣流的呼嘯聲以及紅魔作為最終勝利者的狂笑聲久久回蕩着……

召喚奇跡的使命之書

MONSTER MASTER 15

新世界冒險奇談

第十八站 STEP.18

逆轉時間的奇跡

MONSTER MASTER 15

重啟的時間

　　被撕得粉碎的書頁，隨着病毒粉塵旋渦在大夥兒的上空盤旋着……

　　那些碎片看似在風中狂舞，實則被某種狂風之外的力量駕馭着，無數的碎紙片相互間始終保持着一定的間距，呈現出一個圓球形的輪廓。它們旋轉着，旋轉着，直到圓球中心燃起一團金黃色的光球，那光球在昏暗的病毒粉塵旋渦風暴中忽明忽暗，慢慢地散佈開來……

光球仿佛並不是這個時空的產物，穩穩地停在旋渦的中心，如同黑暗中的燈塔一般，絲毫不受氣流的影響。

更為不可思議的是，光球中心的病毒粉塵旋渦正在反向旋轉，這是無法理解也不可能發生的事情！這讓紅魔感到恐懼，它想再次確認自己是否看錯，但是光球的亮度突然暴增，猶如爆炸一般，光球的邊界驟然朝着四周無限擴散開來……

「不 ——」紅魔發出歇斯底里的咆哮。

耀眼的白光中，布布路他們逐漸恢復了意識，同時他們竟然看到時間化成了一幀幀的畫面，如走馬燈般在布布路他們面前一幅一幅地快速掠過，速度愈來愈快，畫面愈來愈模糊，最後全都變成了刺眼的白色，所有人都被刺得睜不開眼睛。

也不知道過了多久，白光終於慢慢開始減弱，當布布路睜開眼時，他和夥伴們竟然已經回到了舊圖書館閱覽室那扇破舊的小木門前。

只有四個預備生，除了四不像，其他怪物都在怪物卡裏，沙

迦、原君和林德都不見了蹤影。

發生了甚麼事？布布路推開門，天空蔚藍，白雲朵朵，淡黃色的砂岩表面覆蓋着鬱鬱蔥蔥的植被，層層疊疊的山巒間，露出座座銀灰色的石頭屋頂……浮現在眼前的依舊是紅魔鄉，還未遭到破壞的紅魔鄉，這一切都那麼熟悉，跟布布路他們剛剛來到書中世界時一模一樣。

「布魯！」大家還來不及反應，四不像口水橫流地朝着炊煙裊裊的山坳跑去。

餃子頓時明白了甚麼。「我們快跟上去！」

大家一路追到集市，跟片刻之前布布路一行眼中那地獄般的光景截然不同的是，集市裏人群熙熙攘攘，一派熱鬧繁華的景象。

「看，是艾爾莎！」隔着一段距離，布布路眼尖地發現了提着籃子的艾爾莎。

「快截住四不像，別讓它偷奶椰！」餃子出聲的同時，帝奇已經出手了，他用蛛絲捆住了四不像。

「布魯布魯！」四不像因為沒吃到東西而煩躁地大叫。

「我們先去聖殿找沙迦！不要引發混亂。」帝奇攔住準備跟艾爾莎打招呼的布布路，冷靜地做出判斷。

布布路眼中閃過落寞的光芒，默默對艾爾莎揮揮手。

艾爾莎一臉莫名其妙，不明白為何有個衣着奇怪的陌生少年要對自己打招呼，等她擠過人群，卻發現那些人已經不見了。

四人匆匆趕到聖殿，在滿是紫紅色塵垢的千級台階前，遇到了同樣腳步匆匆的流浪漢原君。

「你們……」原君正想說甚麼，一個人影從千級台階上走了下來。

令所有人大吃一驚的是，來人並不是身穿灰袍的瘦小伊牙，而是英姿颯爽的十影王沙迦，他已經恢復成了成年人的體態。

「大家放心，禁制符還好好地待在聖殿的密室裏，紅魔沒機會再出來了！」沙迦面色鎮定，看起來胸有成竹。

儘管大家心中還有非常多的疑惑，但是看到沙迦平靜自信的表情，也都知道最大的危機已經解除了，但是這究竟是怎麼一回事呢？所有人都等着沙迦的答案。

一瞬的奇跡

「我想你們已經察覺到了，書中世界的時間逆轉到了你們剛剛進入書中世界的那一刻，而最後拯救大家的是這一頁紙！」沙迦翻開銀灰色的大書，抽出特定一頁，上面是一堆鬼畫符似

的難懂的圖文。

布布路他們覺得有些眼熟，一時又想不起來在哪兒見過。就在布布路抓耳撓腮拼命回憶的時候，那些晦澀難懂的圖文竟然慢慢地從紙面上消失了……

沙迦從容地繼續解釋道：「其實書翁還擁有記錄其他怪物能力的功能，剛剛消失的那些文字，記錄的便是安古林前輩的怪物——時之魔・冥加大帝的技能，能夠沿着時間軸向前或向後吞噬時間，但這記錄的力量只能使用一次，之後便會消失！」

記錄怪物能力的一次性紙片？布布路他們對視一眼，忽然回想起來，他們被困在雷頓家族的貴賓區時，假冒富商的DK2 就是拿出一張類似的神奇紙張，利用上面所記錄的地獄犬的技能帶他們成功逃脫。現在想來，那張紙片很可能也來自書翁。

「我明白了，您在最後扔向天空的就是這張紙。」原君木訥的臉上煥發出光彩，翻開小本子將書翁的神奇能力記錄下來。

「原君，我要謝謝你！」沙迦真誠地看着原君說，「在你那番話的啟示下，我想到了一個破解紅魔鄉死局的計劃，因此在大家命懸一線的最後一刻，我用這頁紙逆轉了書中世界的時間。逆轉時間後，我自己和在我身邊的各位都會保有之前的記憶，相信不久之後那位醫生也會來找我們會合。現在書中世界和現實世界的時間已經同步了，我們只要再做幾件事，就能徹底消滅紅魔！」

「哪幾件？快說快說！」布布路迫不及待地催促道。

「其實很簡單，首先這位擁有水之牙力量的小姑娘是關鍵，請她降下擁有遠古巨獸海因里希之力的治癒之雨，徹底淨化紅魔植入老百姓身上的病毒；然後我就能沒有後顧之憂地將封印在石頭山的紅魔心臟徹底消滅掉；最後，原君用丁丁建立通道，書翁將紅魔鄉帶回現實……一切便結束了！」沙迦有條不紊地說。

「您既然已經有戰勝紅魔的把握和計劃了，為甚麼還要讓我們都陷入病毒旋渦的絕境呢？」賽琳娜想起不久前絕望的心情，忍不住抱怨地提出疑問。

「這個嘛，因為我是一個專門寫書的作者啊！我喜歡看到讀者們閱讀我作品時，先被絕望的情緒包圍，然後進行絕地反擊，一招將對手徹底擊潰。比起平鋪直敘，這樣的勝利更富有戲劇性，不是嗎？」沙迦笑道。

「呃……這是你自己的惡嗜好吧？害我們以為真的要掛了！」帝奇陰沉着臉，不客氣地對偶像嗤之以鼻。

餃子點頭附和：「是啊！我當時根本就沒想到會陷入到那般的絕境，我還有很多想做的事情呢！」

「這種生死只有一線之隔的經歷，讓我領悟了很多……」原君感歎道。

看到大家都瞪着眼睛看着自己，沙迦笑着解釋：「開玩笑的，因為時間只能逆轉一次，我必須要選擇最佳時機，所以花了兩分鐘來思考選擇哪個時間點才是最佳的。」

「真實的沙迦原來是這種個性嗎?」賽琳娜默默滴汗。

「不是很有趣嗎?我喜歡!」布布路神采奕奕地說。

「布魯布魯!」四不像仿佛在說:我也喜歡。

大家相視而笑,誰也沒注意到,聖殿裏一個黑影一閃而過⋯⋯

治癒之雨

「咳咳,那我們開始做正事吧!大家跟我來!」沙迦帶領大夥兒來到聖殿山的最高處。

「現在是你的時間了,賽琳娜,」沙迦附耳對賽琳娜說,「你這樣做⋯⋯」

「能行嗎?」賽琳娜顯得有些緊張。

「相信我,沒有問題!」沙迦的眼神充滿自信。

「嗯,」賽琳娜點點頭,站了出來。她閉上眼睛,調理着體內的呼吸,一圈圈淡藍色的耀眼銘文在她的周圍浮動四散,空氣中充斥着一股股來自洪荒遠古的神祕力量。

「水精靈,治癒之雨!」賽琳娜發出一聲清脆的指令。

「唧唧!」水精靈眼中閃過一絲光亮,整個書中世界都在水之牙的召喚下微微晃動起來:蜿蜒的河流、潺潺的小溪、人體中的水分、空氣中每一個微小的水元素都活躍起來,源源不絕地彙聚而來⋯⋯

漸漸地,在賽琳娜的頭頂上,水精靈被一團藍色的積雨雲

包圍，雲團愈來愈大，逐漸接近飽和。

「嘩啦啦……嘩啦啦……」

天空中降下一陣如同甘露清泉的藍色小雨，書中世界的每一個角落都受到雨水的滋潤，煥發出勃勃生機。

被紅魔身體的碎屑污染的聖殿被沖洗得一塵不染，百姓連同靈魂都被淨化洗滌一般，露出了久違的會心微笑，那原本深入髮膚骨骼的病灶也化作一團團紫紅色的霧氣，隨着滴落在他們身上的藍色細雨，一同悄無聲息地流走了……

人們難以置信地舒展着四肢，感覺到氣息通暢，整個人像做了一次蒸汽按摩一樣溫暖和舒適，如獲新生。他們並不太明白發生了甚麼事，但那油然而生的喜悅讓集市上、廣場上乃至紅魔鄉的各個地方都爆發出熱烈的歡呼聲。

藍色治癒之雨漸漸停了下來，烏薩公國又恢復了當年的模樣。

賽琳娜高興地看着周圍歡呼的百姓，召喚完治癒之雨後，她雖然有些許疲憊，但是並沒有像之前幾次一樣暈倒過去。

早就站在她身後的布布路和餃子反而吃了一驚，賽琳娜竟然站得穩穩的，還回過頭對布布路和餃子做了個鬼臉。

「噢噢噢！大姐頭又進步了！」布布路驚訝地說。

「那當然，」賽琳娜激動地告訴大家，「那是因為能得到十

影王沙迦的親自指點啊！」

　　原來剛剛沙迦小聲教了賽琳娜一些控制力量的呼吸法，不過他仍然叮囑大家：「雖然通過這些呼吸法的訓練能降低反噬力，但是不管怎麼樣，學會克制地使用超出自己能力的力量，才是避免反噬真正唯一有效的辦法。」

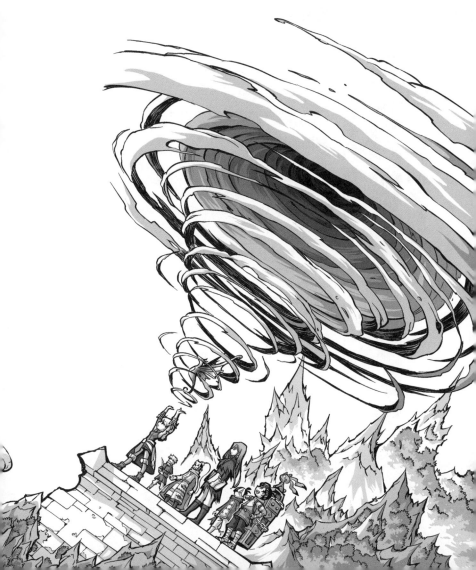

這是成為怪物大師的必經之路!!!

尊敬的讀者：現在你跟隨布布路一起踏上了成為怪物大師的道路!向所有的困難發起挑戰吧!

【藍星、地球，差距有多大】

Q09 以下哪個國家是存在於藍星上？

A. 剛果
B. 海德堡
C. 敦克爾克
D. 塔拉斯

答案在本頁底部，答對得 5 分，你答對了嗎？

■即時話題■

艾爾莎：爺爺，剛剛在集市有個陌生少年和我打招呼，他看我的眼神十分痴迷，一定是覺得我膚白貌美，天資卓越，對我欽慕不已……

大祭司：艾爾莎，你最近是不是又看了一堆亂七八糟的言情小說？我說過了，你還是小孩子，不要看這種沒營養的小說。作為我的接班人，你應該多看看《人類精神現象學》《人類文化發展的探究》這類有意義的書!

艾爾莎：爺爺，我看了……

大祭司：那好，我考考你!

艾爾莎：慢着，爺爺，我突然想到忘記買一些東西，必須再去一趟集市。咦，甚麼人？剛剛好像有道人影從爺爺你的背後閃過呢!

大祭司（揉眼睛）：艾爾莎，是不是我老眼昏花了？聖殿台階上的粉塵呢？難道是被這場大雨洗掉了嗎？

艾爾莎（揉眼睛）：爺爺，你沒看錯，紅魔身體化成的粉塵真的都不見了，還有你脖子上的墨錠也沒了……

大祭司：啊，一定是勇者大人徹底消滅了紅魔，所以墨錠也跟着消失了。太好了，真是太好了……就讓這場大雨下得更猛烈一些吧!

完成這個測試後，你可以判定自己作為讀者對布布路他們所在的藍星的瞭解程度。

測試答案就在第十五部的 211 頁，不要錯過哦!

召喚奇跡的使命之書
MONSTER MASTER 15

新世界冒險奇談
第十九站 STEP.19
重生的烏薩公國
MONSTER MASTER 15

混沌晶核

　　老百姓身上的病毒在水之牙的力量下得到了洗滌淨化，紅魔鄉的所有人都在治癒之雨的滋潤下如獲新生。沙迦帶領着大家一鼓作氣趕向封印着紅魔心臟的石頭山。

　　這次大家輕車熟路地順着聖殿的下水管道，跳下瀑布，抄捷徑來到石頭山。

　　沙迦捧起書翁，撕下其中一頁，深吸了一口氣，輕聲默念道：「水之牙的力量啊，為我所用吧！」

　　就見書翁的身體瞬間膨脹數倍，每一張書頁中都迸射出奪目的藍光，從書頁中飛舞而出，化成藍色的雨水浸透岩石，直奔被封埋的紅魔的心臟。

　　原來剛剛賽琳娜降下治癒之雨時，沙迦讓書翁記錄下了水之牙的力量，他不僅要消滅紅魔的心臟，還要利用這股來自始祖怪的強大力量結合書翁的力量，消滅紅魔在那混沌中誕生的意識。

　　「窸窸窣窣，窸窸窣窣……」

　　石頭山的山體內部傳出粉碎的聲響，就像是有成千上萬的甲蟲在同時啃咬、吞咽，整座山頂都隨之劇烈地隆隆震動，好像有一股巨大的力量想要掙脫束縛一般。

　　碎石四濺，紅魔的心臟漸漸顯露出來，它極力地收縮跳動着，似乎在做着最後的負隅頑抗。

　　然而沙迦絕不會再給紅魔機會，書翁的書頁「嘩啦啦」地翻動着，一連串的禁制符如離弦之箭般襲向紅魔心臟。

　　幾道若隱若現的微光劃過之後，石頭山恢復了平靜。

　　那顆仍在跳動的紫紅色心臟飛到了沙迦手中。原本還在暴躁地狂跳不止的紅魔心臟在沙迦手中漸漸變得安靜了下來，原本沒有規律的狂亂跳動也變成了有節奏的律動收縮，但頻率愈來愈慢、收縮幅度愈來愈小，終於變成了一顆深灰色的晶核，閃爍着詭異的流光……

　　布布路、餃子、帝奇都不由自主地上前一步仔細地盯着那顆灰色的晶核。透過晶核，他們仿佛看到兩股原始而又充滿力

量的元素在角力，相互交融吞噬。

「這便是紅魔的真實力量來源 ——混沌晶核！」沙迦向所有人解釋道，「它源自世間最古老的兩股原始力量，它們相互交融、對抗，形成了無比強大的混沌之力，這種力量就如同一種怪物無法抗拒的美食，所有的怪物都會被它不自覺地吸引，但是幾乎沒有怪物能夠真正駕馭它……」

說到這裏，所有人都打了一個激靈，剛剛還在睡覺的四不像不知何時爬到了沙迦的背後，正流着大口的涎水，垂涎欲滴地盯着混沌晶核。

沙迦回頭看了一眼四不像，並沒有阻止它，反而像鼓勵它一般微微地點了點頭。

　　得到沙迦首肯的四不像以迅雷不及掩耳之勢，一口將混沌晶核整個吞下。

　　「噢——你又亂吃東西了！」布布路抓狂地大叫。

　　「這可是珍貴的蘊含了始祖元素之力的混沌晶核啊！我還想好好研究一番的啊！」賽琳娜顯然比布布路更加生氣。原君也面露遺憾。

　　「完了，完了。看來一會兒咱們還得和變得比紅魔更厲害的四不像魔打一場了……」餃子幸災樂禍地開着玩笑。

　　「那麼先把它捆起來嗎？」帝奇從斗篷下拿出一捆蛛絲，似乎很樂意效勞。

　　原君也好奇地拿着本子準備隨時做記錄。早就聽說布布路的怪物甚麼都能吃，不過這還是第一次見到現場表演，他鳥窩般雜亂的頭髮下，眼睛期待地閃閃發亮。

　　只有布布路擔心地看着自己這只不靠譜的怪物。

　　四不像在咽下了混沌晶核後，雙眼如銅鈴般瞪得溜圓，就像是打了興奮劑一樣顯得極度亢奮。但這時，它突然停了下來，全身青筋暴起，表情也變得異常猙獰。那股原本不屬於它的力量如蛇一般在四不像身體裏面遊走亂竄，從外表就能看出那力量都漸漸竄到了它的腹部青色的十字傷疤處……

　　突然，四不像的身體緊縮，整個身體都驟然下沉了好幾寸，爪子一下踩碎了地面的磚石，陷入到地面下。大地都開始顫動，四不像原本鐵鏽一般暗紅的身體，也變得鮮紅。所有人都能感覺到四不像在醞釀一股巨大的能量，並且這股巨大的能

量呼之欲出。

　　所有人都後退了一步，站穩了腳跟。只見四不像張開血盆大口：「嗝——！」

　　它竟然打了一個飽嗝？！

　　夥伴們的內心頓時崩潰了，四不像在吞噬了擁有兩種始祖元素之力的混沌晶核後，竟然只是打了一個飽嗝？！

稍有遺憾的落幕

　　氣氛終於變得輕鬆起來了，沙迦和原君對視一眼，異口同聲地說：「輪到我們了！」

　　「叮……」端坐在原君頭頂的怪蛙大叫了一聲，空氣震動起來。

　　「嗡嗡……」書翁的封皮輕輕抖動着，書翁灰撲撲的身軀變得鮮豔起來，一頁頁晶瑩的書頁飛速翻動起來，映照出紅魔鄉的一草一木。

　　兩股力量轟然彙聚成一片美麗的流光溢彩，以石頭山的山頂為圓心，急速向外擴張。很快，每一座山巒、每一間房屋、每一個人……一切全都被包裹在萬丈光芒之中。

　　無盡的光亮像水波般輕盈，又像棉絮般柔軟，當光亮消失的時候，空氣中飄散的氣息有了一些微弱的變化，遠遠看去，群山疊嶂，白雲藍天都顯得那麼真實。看來他們已經不在書中世界了！

「終於結束了！謝謝各位，你們都是了不起的怪物大師預備生！」沙迦說話的同時，身體再度縮小成了伊牙。

大家再度傻眼。對了，一直忘了問，受到禁忌之力反噬逆行了時間的沙迦為甚麼一會兒變大，一會兒變小呢？

迎上眾人疑惑的目光，沙迦解釋道：「我的時間已經倒回到十歲了，這一點不會再改變，但我使用書翁的力量時，當力量達到巔峰的時候我的身體會變得難以負荷，所以能短暫變回原本的模樣，時間也根據書翁施展力量的強度而定，因此在施展出安古林大師『回溯時間』的技能時，我保持了一段較長時間的成人體態。」

「但是，儘管時間逆轉了，人的生命軌跡卻無法改變，就結局而言，不論如何，我也好，原君也好，現在的年齡就是真實的我們。」說到這裏，沙迦再次用充滿歉意的眼神看向原君，「我很遺憾，唯有你的十年時間是我無法補償的。」

「不，我一點也不覺得可惜啊！因為過去的十年對我來說並不是一種荒廢，而恰恰是一段極為寶貴的人生經歷，」原君握住沙迦的手，認真地說，「在書中度過的十年，我領悟到了很多人生的意義……更重要的是，我也對怪物的誕生問題產生了極大的興趣，就像紅魔在散逸的元素中獲得了獨立的意識和軀體，它的肉身可以分裂，意識可以分離。對於一個生命體來說，思想和軀殼究竟是缺一不可，還是各自獨立……從存在的角度來看，思想和意識究竟哪一個更為重要？十年來，我每一天都在認真思考這些問題，每一分每一秒都沒有浪費呢！」

提到這些抽象的思索，原君的雙眼中閃出熠熠的光芒。布布路他們這才終於相信，過去的十年裏，原君過得一點兒都不苦悶，反而十分有樂趣呢，因為對於原君來說，書中世界就像他的靜思館，這裏給予他的靈感和啟發，遠遠要比現實世界的更多，也更有意義。

感受到原君的心意，沙迦心中的一塊大石頭終於落下了。

召喚奇跡的使命之書
MONSTER MASTER 15

新世界冒險奇談
第二十站 STEP.20

未完結的冒險
MONSTER MASTER 15

離別，跨越時空的思念

十影王沙迦終於消滅了紅魔，烏薩公國也回到了它原有的位置，不再是個出不去的地方了，相信不久以後，紅魔鄉這個名字就將漸漸被人遺忘……

告別的時刻也終於到來。奇怪的是，一直跟大家並肩作戰的林德，始終沒有出現……

「你真的不跟我們一起回摩爾本十字基地嗎？」布布路依依不捨地問。

「您可是偉大的十影王啊，要是真的到十字基地，學生們一定會興奮得把您奉若神明，把您伺候得周周到到。」餃子遊說道。

「還有還有，」賽琳娜不甘落後地說，「尼科爾院長肯定也很想見您。他的書櫃裏擺滿了您寫的書，肯定會激動地拿出來找您簽名的。」

「不了，我還有事要做，暫時跟各位告別，關於這次的事情我會用報信鳥告知你們的院長。」沙迦微笑着擺了擺手。

「可是你以這個模樣遠行，真的沒問題嗎？」帝奇看着跟自己一般高、如同女孩一般秀氣的沙迦，不由得用對小孩子的態度對他。

「對啊對啊，你要到哪兒去？要不我們送你吧！」布布路熱心腸地說。

「布魯布魯！」一貫不怎麼黏人的四不像看起來也很捨不得沙迦。

「沒關係的！我雖然身體變小了，戰鬥力可是未減，還用不着你們幾個小鬼來保護啊！」沙迦笑道，「不瞞你們說，我準備回故鄉去，我曾經有個相依為命的妹妹，那孩子是我認識的最善良純真的人，雖然過去了兩百多年，也許她早已化為一堆枯骨了，不過，我這個不稱職的哥哥，至少還想在墓碑前祭拜或者跟她的後人寒暄幾句。」沙迦說到妹妹的時候，目光飄向遠方，仿佛陷入了遙遠的回憶中。

沙迦雖然輕描淡寫地說着沒關係，但眼中卻掠過一絲悲愴的表情。大家一時間沉默了，赫然想到沙迦在書中世界過了兩

百多年，整個現實世界發生了翻天覆地的變化，十影王的時代也早已只存在於傳說中，身邊的親人朋友也都早已離他而去。逝去的時間無法追回，但思念卻會繼續，這是何等孤獨寂寞，又無可奈何啊⋯⋯

布布路聳着鼻子，忍不住眼淚橫流。

原君亂糟糟的頭髮下也淚光閃動，他只是長了十歲，要想想怎麼跟母親解釋而已，但沙迦卻一無所有了，明明甚麼都沒做錯，卻一而再，再而三地向自己道歉。

背負着十影王稱號的人總是有着更多的使命和責任，因此他強大卻自謙，孤獨卻故作堅強⋯⋯想到這兒，餃子三人也感到鼻頭酸澀。

看到大家全都不知所措，一副想要安慰他又不知如何開口的表情，沙迦突然問道：「不知道接力出版社還在不在？」

「接力出版社？那是琉方大陸最大的出版社，當然還在的。」賽琳娜回答。

「嗯，那麼我得先去那兒收一下近兩百年圖書重印的稿

酬！」沙迦狡黠地眨眨眼。

　　大家悲傷的心情頓時化為了泡影，覺得整個氛圍全變了。

　　「糟了，我有種偶像幻滅的感覺。」賽琳娜抹了抹額頭上豆大的汗珠。

　　「看來我們是一個路線的啊！」餃子不客氣地搭上沙迦的肩膀。

　　「我就喜歡這樣真實的沙迦！」布布路破涕為笑。

　　「布魯布魯！」四不像怪叫着趴到了沙迦頭上，以它獨特的方式表達着它的喜歡。

　　跨越兩百年的時間，拋開十影王和預備生的巨大輩分差，大家抱在一起放聲大笑。

全新的故事

　　「很高興跟你們成為朋友，我不會忘記你們的！」沙迦送了大家一本書，便跟大家揮手告別。

沙迦的背影漸行漸遠，大家還沒來得及從離別的悲傷中抽離出來。突然，布布路捧着那本書驚訝地大叫起來：「大家快看，這不是之前把我們帶進書中世界的那本沒有書名和作者名的書嗎？」

「不對，這本書現在有名字和作者名了！」餃子指着書的封面，激動地念道，「《來自異鄉的少年們》，作者——沙迦！」

「快打開看看！」賽琳娜着急地催促。

大夥兒心急地翻開書閱讀起來，書中講述了五個勇敢的異鄉少年與自混沌中誕生的紅魔鬥智鬥勇，最終大獲全勝的故事。

「哇哇哇，沙迦甚麼時候完成的啊？寫得真是太精彩了！」布布路看得津津有味，忍不住唸出聲來，「背着巨大金盾棺材的少年力大無窮，棺材裏居然藏着一隻英姿颯爽的鐵鏽色怪物，這隻怪物看似平常，可是實際上來頭卻不小……咦，為甚麼我覺得這段描寫有點眼熟呢？」

「白痴！」帝奇一把推開布布路這個連自己都不認識的痴呆兒童，搶過書尋找關於自己的描寫，當看到「這位少年眉目冷峻，雖然身形嬌小，衣服底下卻藏有數量驚人的暗器，那頭威武雄壯的金獅更是令人歎為觀止」這一段時，帝奇立刻把書給摔了，他真想捏着沙迦的脖子問一問，「身形嬌小」是甚麼意思，難道比伊牙還嬌小嗎？他自己變小後還不是像個女孩……

原君從地上撿起書，繼續唸道：「這位美麗少女穿着一身瀟灑的獸甲，一頭帥氣的短髮，整個人散發出一股男生般的豪

氣……那位長辮子少年雖然穿着一身龍紋長袍，舉手投足卻顯得十分江湖氣，似乎出身平民，還戴着一張看起來十分狡猾的狐狸面具……」

賽琳娜被「美麗少女」四字羞紅了臉。

餃子則長吁短歎：「沒想到沙迦也有走眼的時候啊，我可是個貨真價實的王子啊！」

書的最後，有一句紅字的箴言——

人活在世界上，每個人都是作者，每日每夜譜寫着自己人生的書籍，書籍是否精彩，能否得人傳誦，全都由你們自己決定。

「沙迦一定是想告訴我們，只有自己努力、勇往直前，才能開創不後悔的美麗人生。」原君紅着眼睛說。

被暗部通緝的醫生

大家熱烈地討論着沙迦這部新作的劇情，從烏薩公國回到十字基地的漫漫路途也因此似乎變短了。幾天後，原君和布布路幾人終於回到了十字基地。

只是，他們剛剛跨入大門，就被幾個憑空出現的人三下五除二地給撂倒了。

幾個預備生被壓倒在地，卻連痛也不敢叫，因為來人是十字基地的導師們：雙子導師、科娜洛導師、金貝克導師、須磨

導師……

　　他們看起來十分戒備，面色凝重、如臨大敵。

　　「你們沒遇到林德嗎？」黑鷙單刀直入地問。

　　「林德？發生甚麼事了？」賽琳娜不知道為何大家首先問到的竟然是林德這個名字，困惑地問，「難道你們沒接到沙迦的信嗎？」

　　「事情是這樣的……」科娜洛向他們解釋，「三天前，兩百多年前一夜之間突然消失的烏薩公國，又如同當年一樣毫無預兆地重現於世，引發了整個琉方大陸的轟動。同時，尼科爾院長接到了沙迦送來的信，沙迦提到希望怪物大師管理協會能處理幾個遺留問題，其中包括對特殊血液的艾爾莎進行隱形保護，同時希望暫時不要洩露有關她本人的任何事。而引起尼科爾院長特別注意的是，信中提到了跟大家並肩作戰，最後卻離奇消失的怪醫林德。根據外貌描述，他應該是怪物大師暗部重金懸賞的通緝犯！在你們被罰掃舊圖書館的那天，林德曾祕密潛入了十字基地，但當時跟蹤他的黑鷙卻在圖書館附近失去了他的蹤跡，根據沙迦的信件，顯然他跟着你們進入了書中世界。所以最近幾天四處都在搜查林德的蹤跡，十字基地也高度警戒。」

　　「甚麼？通緝犯！」布布路震驚得下巴都要掉在地上了，「可是他一直都在幫忙救人，絕對是一位古道熱腸的好醫生啊！」

　　「哼，這傢伙果然有問題。」帝奇倒是似乎一點也不意外，冷着臉說，「那傢伙雖然看起來人畜無害，但巴巴里金獅很不

喜歡他，對他充滿戒備，而且他偶爾會散發出可怕的戾氣，那是只有生活在絕對黑暗之中的人才會散發出來的氣⋯⋯」

餃子和賽琳娜也想起一些細節，露出若有所思的表情。

「所以說，你們還太嫩了！根本不會看人啊！」金貝克尖着嗓子嘲笑道，「為一人殺一城，這才是那傢伙的真面目！」

「殺了一城的人？」布布路難以置信地瞪大眼睛，完全無法將導師們的話和林德聯繫起來。

「並不是一城的人，但也差不多，他殺了足足一千隻怪物！這對於怪物大師管理協會來說是難以容忍的，所以他在暗部的通緝令上，對抓他的條件只有四個字 —— 死活不論！」黑鷺語氣冰冷地說。

「會不會有甚麼誤會？林德並不像是壞人！」布布路不死心地問。

「怎麼可能有誤會？林德可是烏洛波洛斯的人啊！」黑鷺拿出一張通緝令，林德的背上有着一個食尾蛇的圖案。

布布路一驚，絕沒想到林德竟然是食尾蛇的一員，一時之間五味雜陳⋯⋯

林德為甚麼要殺一千隻怪物？他在紅魔鄉救人的畫面還歷歷在目，他到底是個甚麼樣的人呢？

看來這些謎團都要交給時間去解決，只要與食尾蛇的戰鬥不結束，相信他們終有一天會再次相遇！

尾聲

在藍星不為人知的大洋深處，重重迷霧包裹着一座高高聳立的黑色城堡。

城堡的左側是熊熊燃燒的火山烈焰，右側是寒氣逼人的藍色冰川，極冷與極熱猛烈碰撞，在城堡周邊形成可怕的對沖風暴。

不可思議的是，在這片環境險惡的無人之境的海面上，卻盛開着一朵又一朵嬌豔欲滴的藍色玫瑰花，帶着晶瑩露珠的柔弱花瓣似乎一碰就會碎，卻在烈焰和寒冰的對峙下靜謐綻放，隨着海浪搖曳起伏，散發出魅惑的香氣。

在城堡的正殿內，鑲滿藍寶石的華麗王座上，安靜地坐着一個頭戴皇冠、衣裙華美的美麗少女。少女垂着一頭瀑布般潑灑的銀髮，蜜色的皮膚光滑如緞，清澈的眼睛如兩汪深不見底的清泉。

一個身材清瘦的青年恭敬地單膝跪在王座下，他的身前擺着一些東西，其中一串瓔珞鏈子被鄭重地裝在盒子裏，鏈子中間懸着的黑色吊墜泛着異樣的光澤，而另外一些體積較大的竟然是一些模樣古怪的地瓜。

「我最尊貴的女王陛下！沒想到我能在書中世界找到這些舉世無雙的寶貝！」青年得意地攤開手介紹道，「這些貌似平常地瓜的植物就是與彩虹草齊名的藥引——絕塵果，據我所知早已絕跡，大概有一些孤枝當年被一同封印到書中世界，

因為那裏紊亂的時間才得以大面積繁殖。另外，這塊神奇的墨錠包含奇異之力，取之不盡、用之不竭，如果跟您那支筆配合……」

「不過這些都不是最重要的，最重要的是這次探查情報的行動非常成功……」青年嘴角拉起詭異的弧度，拖長了聲音說，「如您所料，您的哥哥還活着！」

少女聽到這裏，身軀微微一震，但隨即又恢復了原本的優雅，她抬手，用如同清泉般的聲音說道：「你起來吧，做得非常好，林德。看來未來還真是值得期待啊……」

【第十五部完】

·尊敬的讀者：現在你跟隨布布路一起踏上了成為怪物大師的道路！向所有的困難發起挑戰吧！

【藍星、地球，差距有多大】

以下哪個出版社是琉方大陸上最大的出版社？

A. 力量出版社　　B. 水果出版社
C. 接力出版社　　D. 大腦出版社

答案在本頁底部，答對得5分，你答對了嗎？

■即時話題■

原君： 據我所知，沙迦寫書只需要在腦海中構想好，書翁便能讓文字自動出現。

布布路： 好方便的技能！如果只用腦袋想想，就能把墓都挖好，或者只用腦袋想想，就能定住到處亂跑的四不像，那簡直太棒了！

餃子： 布布路你太沒創意，聽我的……嘖嘖，如果想用的，天上就能下盧克雨就好了！

賽琳娜： 餃子你就是個財迷！我希望能通過想像，完成減肥。

帝奇： 別做不切實際的夢了！

賽琳娜： 你說我要完成減肥是不切實際的夢，嗯？有本事你再說一遍，豆丁小子！

帝奇： 不許叫我豆丁小子！

賽琳娜： 我偏要！誰讓你長高了，卻還是我們中最矮的！

餃子： 我覺得帝奇心裏一定在想，我要長高！啊，好疼，我的屁股被飛針扎到了！

完成這個測試後，你可以判定自己作為讀者對布布路他們所在的藍星的瞭解程度。

測試答案就在第十五部的 211 頁，不要錯過哦！

尊敬的讀者：現在你跟隨布布路一起踏上了成為怪物大師的道路！向所有的困難發起挑戰吧！

【藍星、地球，差距有多大】
【測試結果】

A 級—滿分 50 分

餃子：看來你不僅是個有常識的地球人，也對藍星相當了解，不過想要繼續深入了解藍星的話，可以參加由我主辦的餃子補習班，收費只要 999 盧克……

賽琳娜：（獅吼功發動）閉嘴，你這個財迷！不要嚇走我們棒棒的讀者。（瞬間轉淑女模式）嗯，感謝各位讀者長期以來的支持。

帝奇：不要自滿，繼續努力。

布布路：我愛大家，麼麼噠！

Z 級—低於 50 分

餃子：那麼簡單的測試，居然有人沒拿到滿分，果然應該來參加我的餃子補習班，哈哈，來吧來吧，排隊交費！

賽琳娜：餃子，你敢不敢再無恥點！各位讀者，你只是對藍星的了解還不夠深入，請看完整閱讀一遍「怪物大師」系列，你會擁有更多有趣的閱讀經驗！

帝奇：不要氣餒，繼續努力。

布布路：我愛大家，麼麼噠！

其他人（怒視）：夠了，算你是主角，算你最能賣乖！

布布路：……

編織命運絲線的人

身為德西藍家族的一分子，無可避免地會陷入秘密和謊言交織的人生！

青嵐大陸的草原上，餃子和戈狒再會，塔拉斯的勇士飛獸戴上了狐狸面具。

遊吟詩人吟唱起讚歌，天空中降下銘刻着古文的預言之葉……

坐上升級版的酷炫甲殼蟲，預備生們的驚險公路追逐戰正在展開

CHANGE 改

繼承人之間的試煉！

最需要看透的是未來，還是人心？

第十六部
《命運編織者的謊言》

詭異莫測的鬼市中，金貝克導師在布布路他們眼皮底下被綁架了！

而綁架者竟是曾對布布路的金盾垂涎不已的騙子兄妹。

讓人大跌眼鏡的是，他們竟然成了鬼市地位極高的掌眼，並自稱來自偉大的德西藍家族……

冤家路窄，布布路他們將如何應付？

REDICTION
預言

LIAR
說謊者

下部預告

跟芬妮和約翰的再會，讓吊車尾小隊展開一場難以置信的新冒險！

驚歎！德西藍家族是最有名的命運編織者家族，據說他們的影響力足以撼動整個藍星。

疑惑！理應解讀未來的人為何會混成江湖騙子？

謎團！家主羅根中意的繼承人究竟是誰？讓大家聞之變色的「那件事」又是甚麼？

考驗！翻過「死亡雪線」，布布路他們奔赴青嵐大陸上的草原盛會，加入勇者的角逐！

見證！青嵐大陸的草原之上，德西藍家族的三位候選繼承人齊聚一堂，沿着命運的絲線前進——

那裏有未來，也有責任和使命在等候！

BUBURO.BURO.
LIVAGE
布布路·布諾·里維奇

比未知更可怕的是預知，
比變化更讓人不安的是
一成不變……

「怪物對戰牌」暗戰版使用說明書
Monster Warcraft

基本資訊：單冊附贈 8 張卡牌。為 1—14 部怪物對戰卡牌集的擴充包。
遊戲人數：2 人以上　　　**遊戲時間**：5—20 分鐘

—— 「怪物對戰牌」暗戰版規則 ——

【基礎牌組列表】

1. 人物牌：3 張
2. 怪物牌：2 張
3. 基本牌：2 張
4. 特殊物件牌：1 張
附件：單冊附贈 8 張卡牌

【遊戲目的】

遊戲開始前，玩家需將自己的人物牌暗置，遊戲進行當中，當一名角色明置人物牌確定勢力時，該勢力的角色超過了總遊戲人數的一半，則視他為「黑暗潛行者」，若之後仍然有該勢力的角色明置武將牌，均視為「黑暗潛行者」。「黑暗潛行者」為單獨的一種勢力，與怪物大師管理協會和食尾蛇組織的兩大勢力均不同。他(們)需要殺死另外兩大勢力，才能成為勝利者。

當以下任意一種情況發生，遊戲立即結束：

兩大勢力鬥爭時，一方勢力死亡，則另一方獲勝。出現第三方勢力之後，則需另外兩方勢力全部死亡，剩下的第三方才算獲勝。

【遊戲規則】

1. 將人物牌洗混，玩家抽取一張人物牌，並將人物牌背面朝上放置（即暗置）。處於暗置狀態下的人物牌均視為 4 點血量值，其組合技能和個人鎖定技均不能發動，明置之後，才可

發動，血量存儲也恢復到牌面顯示的值，已扣掉的血量不可恢復。

2. 將怪物牌洗混，玩家抽取一張怪物牌，確定自己所擁有的怪物。

將怪物牌置於暗置的人物牌的上面，露出當前的血量值。（扣減血量時，將怪物牌右移擋住被扣減的血量值。）

3. 將基本牌、元素晶石牌、特殊物件牌等洗混，作為牌堆放到桌上，玩家各摸 4 張牌作為起始手牌。

4. 遊戲進行，由年齡最小的玩家作為起始玩家，按逆時針方向以回合的方式進行。暗置的人物牌只有兩個時機可以選擇明置：

◆回合開始時。

◆瀕臨死亡時。

5. 確定先出牌的玩家從牌堆頂摸 2 張牌，使用 0 到任意張牌，加強自己的怪物或者攻擊他人的怪物。但必須遵守以下兩條規則：

◆ 每個出牌階段僅限使用一次【攻擊】。

◆任何一個玩家面前的特殊物件區裏只能放一張特殊物件牌。

每使用 1 張牌，即執行該牌上的屬性提示，詳見牌上的說明。遊戲牌使用過後均需放入棄牌堆。

6. 在出牌階段，不想出或沒法出牌時，就進入棄牌階段。此時檢查玩家的手牌數是否超過當前的人物血量值（手牌上限等於當前的人物血量值），超過的手牌數需要放入棄牌堆。

「怪物對戰牌」暗戰版使用說明書
Monster Warcraft

基本資訊：單冊附贈 8 張卡牌。為 1—14 部怪物對戰卡牌集的擴充包。
遊戲人數：2 人以上　　**遊戲時間**：5—20 分鐘

——「怪物對戰牌」暗戰版規則 ——

7. 回合結束，下一位玩家摸牌繼續進行遊戲。

8. 判定的解釋：摸牌階段時，對要進行判定的牌需要進行判定，翻開牌堆上的第一張牌，由這張牌的顏色來決定判定牌是否生效。

9. 怪物牌翻面的解釋：在輪到玩家的回合開始前，若是你的怪物牌處於背面朝上放置的狀態，請把它翻回正面，然後你必須跳過此回合。

10. 若遊戲未分出勝負，但牌堆的牌已經摸完，則重新將棄牌堆的牌洗混後，作為牌堆繼續使用。當所有場景牌用完之後，需要重新洗一遍場景牌，建立新的場景牌堆。

【怪物卡牌一覽表】

怪物名稱	卡版	屬性等級	獲得方式
四不像	普通卡	D 級	隨書附贈
水精靈	普通卡	D 級	隨書附贈
藤條妖妖	普通卡	D 級	隨書附贈
巴巴里金獅	普通卡	C 級	隨書附贈
金剛狼	普通卡	B 級	隨書附贈
一尾狐蝠	普通卡	B 級	隨書附贈
魔靈獸	普通卡	A 級	隨書附贈
泰坦巨人	普通卡	S 級	隨書附贈
泰坦巨人(覺醒版)	閃鑽卡	S 級	限量兌換
巴巴里金獅 （家族守護版）	閃鑽卡	A 級	限量兌換
蒼赤虎(影子版)	普通卡	C 級	隨書附贈
花芽獸(影子版)	普通卡	C 級	隨書附贈
龍膽(影子版)	普通卡	B 級	隨書附贈
露姬兔(影子版)	普通卡	D 級	隨書附贈
大聖王	普通卡	B 級	隨書附贈
九尾狐	普通卡	D 級	隨書附贈
騎士甲蟲	普通卡	D 級	隨書附贈
惡魔酷丁	普通卡	D 級	隨書附贈
塞隆鼠	普通卡	B 級	隨書附贈
帝王鴉	普通卡	A 級	隨書附贈
帕米魯格	普通卡	A 級	隨書附贈
般若鬼王	普通卡	A 級	隨書附贈
大聖王 （十影王版）	閃鑽卡	S 級	限量兌換
風隱	閃鑽卡	A 級	限量兌換
水精靈(升級版)	普通卡	C 級	隨書附贈
大紅武章	普通卡	B 級	隨書附贈
克林姆林	普通卡	A 級	隨書附贈
鎖鏈魔神	普通卡	A 級	隨書附贈
藤條妖妖(升級版)	普通卡	B 級	隨書附贈

怪物名稱	卡版	屬性等級	獲得方式
地獄巨犬	普通卡	C 級	隨書附贈
幻影魁偶	普通卡	A 級	隨書附贈
饕餮	普通卡	? 級	隨書附贈
幻影冥狐	普通卡	A 級	隨書附贈
庫嚕嚕	普通卡	B 級	隨書附贈
梅菲斯特	普通卡	B 級	隨書附贈
金牛座	普通卡	A 級	隨書附贈
書翁	普通卡	S 級	隨書附贈
丁丁	普通卡	C 級	隨書附贈

GAME START 成為『怪物大師』就要憑實力！
來場精彩的多人對戰吧！洗牌開始！

「怪物大師」四格漫畫小劇場

Comic Theater

大家的睡前故事

Comic：李仲宇／Story：黃怡峥

編輯部特別獻禮『怪物大師』中鮮為人知的小番外小趣味！

無下食天爆笑時間

Note

爆笑登場！

我小時候的睡前故事是十影王沙迦寫的冒險小說。

我小時候的睡前故事是《王子與公主的童話》。

我小時候看的是《會下金雞蛋的母雞》。

我是看一塊塊墓碑上的墓誌銘，每段墓誌銘都是一個人的人生故事。

「怪物大師」四格漫畫小劇場
Comic Theater

Comic：李仲宇／Story：黃怡崢

Staff
製作團隊

宋巍巍　【總策劃】
Vivison

趙　婷　■執行
Mimic

黃怡崢　■文字
Miya
谷明月
Mavis
郝　煒
Glorya

孫　東　■插圖
Sun
李仲宇
LLEe
周　婧
Qiaqia

蔣斯珈　■色彩
Seega

李禎祾　■灰度
Kuraki
葉偲逤
Yesty

丁　果　■設計
Vin

CREATED BY LEON IMAGE
Love & Dreams
MONSTER MASTER

[雷歐幻像] 作品
LEON IMAGE WORKS

□ 責任編輯：梁健彬
□ 裝幀設計：高　林
□ 排　版：時　潔
□ 印　務：劉漢舉

怪物大師
——召喚奇跡的使命之書

□
著者
雷歐幻像

□
出版
中華教育
香港北角英皇道 499 號北角工業大廈一樓 B
電話：(852) 2137 2338　傳真：(852) 2713 8202
電子郵件：info@chunghwabook.com.hk
網址：http://www.chunghwabook.com.hk

□
發行
香港聯合書刊物流有限公司
香港新界大埔汀麗路 36 號
中華商務印刷大廈 3 字樓
電話：(852) 2150 2100　傳真：(852) 2407 3062
電子郵件：info@suplogistics.com.hk

□
印刷
美雅印刷製本有限公司
香港觀塘榮業街 6 號 海濱工業大廈 4 樓 A 室

□
版次
2018 年 1 月第 1 版
2018 年 9 月第 1 版第 2 次印刷
© 2018 中華教育

□
規格
32 開（210 mm×140 mm）

□
書號
ISBN：978-988-8489-79-4

本書經由接力出版社獨家授權繁體字版
在香港和澳門地區出版發行